今宵も俺は女子高生と雑草（晩餐）を探す 1

日之影ソラ

PASH!文庫

1

Koyoi mo Ore wa Joshikousei to Zasso(Bansan) wo sagasu

プロローグ　雑草女子高生

自分は優秀な人間だと思っていた。

小さい頃から物覚えがよくて、教えられたことはすぐにできるようになった。中学、高校、大学へと進学しても、それは変わらなかった。

勉強は授業を真面目（まじめ）に聞いているだけでテストで高得点が取れたし、運動だって初めてやるスポーツでも、なんとなくでコツがつかめていた。

苦手だな、と感じることだって、ちゃんと練習すればできないことはない。

やる気さえあれば、自分にやれないことはないのだと思っていた。

周りからもよく頼られた。小学生の頃はずっとクラス委員長をしていて、上級生になると生徒会に入った。中学でも、高校でもそうだった。

部活動は大変だし、放課後の遅い時間まで残って練習しないといけない。それが嫌だった俺は、適当な部活に名前だけ残し、放課後はアルバイトに勤（いそ）しんだ。

労働して、お金を稼ぐ。

勉強や部活とは違って、自分のすることに大きな責任が伴う。だからこそ、どんな仕事も難しい……なんてことはなかった。

何も変わらない。今まで通り、一度教えてもらったことは間違えないし、自分より早く入った先輩よりも仕事はできて、店長からも信頼された。

その先輩からは嫌われる……ということもなく、良好な関係を築いていた。人間関係における目上の人との接し方も、自然と身についていたらしい。

勉強もできて、運動もできて、仕事もできて、人付き合いも良好だった。

そんなだから、いつしか俺は勘違いをしていたんだ。

自分は優秀で、他の人たちとは違う……選ばれし人間なのだろうと。


「今までお世話になりました」

俺は頭を下げる。

会社の同じ部署の先輩たち、上司に向かって深々と。挨拶をする時の角度ではなく、謝罪をする時の角度で。

「櫻野(さくらの)君、本当に辞めてしまうんだね」

「彼は優秀だと思っていたんだけどなぁ」

「みんな期待していたのに……まぁ、残念だけど仕方がないね」

「そうだな。あんなミスをしてしまったら、責任を感じるのも無理はない」

頭を下げる俺を見て、部署内から先輩たちの声が聞こえてくる。

俺は今日、一年間お世話になったこの会社を辞める。形式上は自主退社だけど、実際のところはクビに近い。

なぜなら俺は、会社の人間としてあり得ないミスをして、いろいろな人に迷惑をかけてしまったから。

俺は頭を上げる。すると、まだ若い男女のペアが俺の下に歩み寄ってきた。

「櫻野君」

「光海、倉人」

「……」

少し明るめの髪を後ろで結んでいて、心配そうな顔で俺に話しかけてくれた彼女が光海奈菜。その少し後ろで一緒にいる目つきが少しきつめの男が、倉人健二。

二人は一年前、俺と一緒にこの会社の同じ部署に配属された新人で、つまりは同期というやつだ。

「ああ、もう決めたことなんだ」

「なんで辞めちゃうのよ？」

「……」

「んなもん、聞くまでもねーだろ」

不貞腐れながらそう言ったのは倉人だった。彼はムスッとした表情から、わずかに顎を上げて、俺のことを見下ろすようにして言う。

「あんだけのミスしたんだ。退職じゃなくてクビだろ」

「ちょっと倉人君！」

倉人に対して光海が怒り、彼のことを睨む。

「なんだよ？　事実だろ？　先輩たちも言ってたぜ？　あのミスが影響して、うちの会社はかなりの損害が出たってな」

「倉人君！　もう少し言い方を考えて！」

「んだよ。言い方なんて今さらだろ。あんだけ自信満々にプロジェクト任されて、盛大に大ゴケしたんだぜ？」

「だからそんな言い方！　大体、あんたも同じプロジェクト進めてた一人でしょ！」

「俺は下っ端だからな。リーダーだった櫻野の指示に従ってただけだ」

「そう言って、あんたがちゃんとチェックしなかったから、こんなことになったんじゃないでしょうね？」

「なんだと？　俺の責任だって言いたいのか？」

二人の言い合いは徐々にヒートアップしていく。光海は正義感が強くて、仲間思いな一面がある。俺のために怒ってくれている。

倉人は短絡的で、何をするにもやる気がないが、言われたことはきちんと熟す。自分の仕事に文句を言われて、怒る気持ちも理解できた。

「プロジェクトは二人が任されたんでしょ！」

「俺はただの補佐だ。優秀だった櫻野様のおまけだったんだよ」

「そんな風にテキトーなこと言って、信頼されてる櫻野君が羨ましいから、チェック緩めにして迷惑をかけようとしたんじゃないの？」

「――お前、ふざけたこと言ってんじゃねーぞ！」

いつも無気力な倉人が、珍しく怒りを露にする。光海も男勝りで負けん気がある性格だから、そんな倉人に対して一歩も引かない。

このままだとどちらかが手を出してしまいそうだ。部署の先輩たちからも、ひそひそと声が聞こえてくる。

「あれ止めたほうがいいんじゃないか？」

「そうだな。喧嘩して手でも出されたら大問題になる」

「お前行けよ」

「え？一度もまともにしゃべったことないのに？」

先輩たちも困っている様子だった。それを感じ取った俺は、舌戦がヒートアップする二人の間に、強引に入る。

「二人とも、落ち着いてくれ」

「――！」

「櫻野君！」

「光海、気持ちは嬉しいけど、少し言い過ぎだ」

「でも……」

「俺のことを気遣ってくれてありがとう」

「櫻野君……」

光海は悲しそうな目をして、わずかに俯き、前のめりになっていた姿勢を戻す。彼女は落ち着いてくれたらしい。

今度は反対方向へ振り向き、倉人と視線を合わせる。

俺と目を合わせると、倉人は僅かにビクッと眉を上下させた。

「倉人もよくやってくれていたよ。俺の補佐をちゃんとしてくれていた。スケジュール管理、連絡の不備がないかチェックしたり、本当に助かった」

「……ふんっ、俺は悪くないからな」

「ああ、お前は悪くないよ。今回の一件は、完全に俺のミスだった。俺がもっとしっかりしていれば、こんな馬鹿げたミスはしなかった」

最初にプロジェクトの一員として任命されたのは俺だった。俺をリーダーとして、補佐役に倉人を指名した。

さすがの俺も、先輩に補佐してもらったり、偉そうに命令するのは気が引ける。たとえ自分のほうが仕事が速くとも、俺より長く会社に勤め、貢献している人たちには、ちゃんと敬意を示すべきだ。

倉人は同期だし、年齢も一緒で同じ男だから、部署の中でも気楽に頼みごとができる。

めちゃくちゃ仲がいいわけじゃないけれど、仕事上の付き合いならバッチリだった。

今回のプロジェクトは、新人が担当するには大きすぎる内容だった。心配してくれる先輩たちの声もあった。

それでも俺は、期待してくれた上司に、会社に応えるために頑張ろうと思った。いいや、自分ならできると思っていたんだ。

今まで通り、言われたことをしっかり聞いて、よく考えて行動すれば、できないことなんてない。

期待に応えて、さらに期待され、信用されて……他の人たちよりも一歩早く出世して、ゆくゆくはトップに立っている。

なんて、子供みたいに単純な出世街道を夢見て、それがいずれ訪れることを当たり前のように錯覚していた。

これまで他人に迷惑をかけるような、大きな失敗をしてこなかった。

今から思い返すと、それこそが大きな失敗の発端だったのかもしれない。

大きな失敗をしてこなかったのは、自分が優秀だったからだと思い込み、これからもしないものだと思っていた。

「いろいろと、甘く考えていたんだよ……俺は」

「櫻野君……」

「……」

自分なら今回のプロジェクトも完璧に熟せる。その自信があって、プロジェクトを引き受けて、倉人にも補佐を頼んだ。

倉人からすれば、自分には関係のないプロジェクトに入れられて、あげく大失敗したことで、責任の一部を押し付けられることになってしまった。

「申し訳なかった。倉人……」

「……別に、謝ってほしいわけじゃないからな」

「ありがとう。本当に助かったよ」

「……」

倉人はそっぽを向いてしまう。

迷惑をかけてしまって申し訳ない。そして、これからも迷惑をかけてしまうことに、更なる申し訳なさを感じる。

「俺が辞めた分、二人にも仕事が割り振られると思う。迷惑ばかりかけて、本当に申し訳ない」

俺は二人に向かって頭を下げた。

責任をとって会社を辞める。この選択によって、俺が担当していた仕事が浮いてしまう。他の誰かに負担が流れ込むのは必然だ。

同期だからという理由で、俺の仕事の大半は二人に割り振られることになる。ただでさえ忙しくて、来月からは新人も入ってくる。

彼らも先輩になり、教えられる立場から、教える立場になるだろう。忙しさはこれまでよりも厳しくなる。

そんな状況だとわかっているのに、負担を増やしてしまうことへの罪悪感で、胸がキリキリと痛む。

「謝らないでよ。迷惑だなんて思ってないから！　むしろ今までが、櫻野君に頼りっきりだったんだよ」

「俺は別に頼ってないけどな」

「倉人君！」

「っつ、なんだよ。次の仕事あるし行くからな」

「ちょっと！　もう……勝手なんだから」

倉人は一人で先に自分のデスクへと歩いて行ってしまった。引き留めようとした光海の声をすり抜けた。

「ごめんね、櫻野君。倉人君もあんなだけど、彼なりに責任は感じていると思うわ」

「ああ、わかってるよ」

普段はもう少し、口数の多い奴だった。

決して仲良しではないけれど、会話の中で笑顔を見せてくれることもあった。最近は一度もなく、特にプロジェクトが失敗してから、会話の頻度も減っていた。

彼が暗く落ち込んでしまっていることは、俺も感じている。

だからこそ、申し訳ない気持ちが溢れてしまう。

「倉人のことは、光海に任せるよ。あいつは頼りになるから」

「……櫻野君はどうするの？」

彼女は心配そうに、不安げな表情で俺に尋ねる。

「これから、会社を辞めてからは……」

「……まだ、何も決めてないよ」

会社を辞める決意をしたのは、ほんの数週間前だった。転職ではなく、辞職だ。次が決まって辞めるわけじゃない。

俺は心配させないように笑顔を見せたけど、それがかえって彼女を心配させてしまったらしい。

「何も決まってないって、当てはあるの？」

「それも特にかな」

「大丈夫なの？　そんなので生活していける？　貯金とかは？」

「そうだな。一か月くらいは大丈夫……かな？」

「曖昧な返事ね……ちゃんと貯めてなかったの？」

俺は苦笑いをする。

元々、浪費癖があったわけじゃない。ただ、社会人になって使えるお金の量が増えたことで、欲しいものはすぐに買ってしまうようになった。

金額はしっかりと見定めている。品質とか評判もチェックしている。多少高くとも、もっと働けば稼げる金額なら、あまり迷わなかった。

そんな感じにもらった給料や、初めてのボーナスも使って、残金は給料一か月分にも満たない。

ハッキリした金額は覚えているけど、それを教えたらきっと彼女は心配する。心配性すぎる彼女のことだから、お金を貸そうかとか言い出す。

さすがに同期の女の子にそこまで心配させたくないし、お金を借りるなんて論外だ。

「大丈夫、いざとなったら日雇いのバイトでもするから」

「それは大丈夫って言わないのよ。早く新しい就職先を見つけなさい。櫻野君なら、どこでも上手(うま)くやれるわ」

「……それは、どうだろうね」

正直もう、あまり自信がなくなっていた。

自分は優秀だと思っていたのも勘違いで、レッテルを剝がされてしまったから、今の俺に残っているのは、大きな後悔だけだ。

「再就職はするつもりだよ。でも、しばらくは考えたいんだ。自分のこととか、将来のこととか」

「櫻野君……あまり思いつめないほうがいいわよ。ミスは誰にだってあるんだから」

「ありがとう」

「辛くなったら誰かに相談しなさい。その、私ならいつでもいいからね？」

「ああ、その言葉だけで十分嬉しいよ。本当に、最後までありがとう」

「最後って、もう会えないみたいな言い方じゃない」

　彼女は寂しそうな表情を見せる。

　そういうつもりで言ったわけじゃなかったけど、実際間違っていないだろう。俺たちは会社の同期として知り合った間柄だ。

　会社を辞めれば、関係性もリセットされるかもしれない。

　彼女とは、これが最後の会話になるかもしれなかった。そう思うと、まだ少し話していたい気持ちになる。

　倉人とも、もっと話しておけばよかったな。

　だけど、俺は今日で辞める身だ。一度この部屋を出てしまえば、二度とここに足を踏み入れることもない。

　一年……あっという間だった。

「もう行くよ。光海も仕事に戻らないとな」

「……そうね。本当に大丈夫？」

「ああ、心配かけてごめん。光海は優しいから、無理しちゃダメだぞ」

「っ――こっちのセリフだから！　櫻野君こそ、新しい就職先が決まったらすぐ連絡してよね！　見つからないなら相談して！」

「ああ、一番に報告するし、本当に困ったら相談するよ」

「絶対よ！　これが最後じゃないから！」

彼女は顔を近づけて、俺の顔に指をさす。いつになく真剣に、少し瞳が潤んでいるように見えたのは、気のせいだろうか。

ともかく、彼女が心から心配してくれていることは伝わった。

俺は幸福だ。失敗して、恥をさらしても、こうして寄り添ってくれる人間がいる。彼女だけじゃない。先輩たちだって心配してくれた。

社会ではブラック企業とか、職場にはいろんな地獄があるとか、そんなマイナスな話ばかり耳にする。

けれど、この職場は違った。温かくて、優しい人たちが多い。けれど、だからこそ俺は、ここを出て行くんだ。

優しい人たちに囲まれていたら、ダメな自分を肯定されてしまったら、俺はもう……自分では何もできなくなってしまう。

そう思ったから。

「じゃあ、またな。光海」

「うん。頑張ってね？」

「ああ。倉人も！　迷惑かけてごめん！　頑張ってくれ！」

「……」

倉人はデスクに向かったまま、わずかに反応だけはしてくれた。今はそれだけで十分
……どうか二人が、この先に俺のような失敗をしないように。

せめて、俺の失敗を反面教師にしてくれたら嬉しい。

そう思いながら、一年間働いた職場に最後の礼儀を示し、深々と頭を下げて部署を後にする。

外はお昼時で、太陽が燦燦と輝いていた。

三月の終わり。暦の上では春だけど、まだまだ肌寒さが残っている。それでも、今日は太陽のおかげで少し暖かい。

「眩しいな……」

これは終わりじゃない。俺にとっては新しいスタートだと思おう。

自分を見つめ直し、何ができる奴なのかを知るにはいい機会だ。しっかり反省して、次に同じ失敗を繰り返さないようにしよう。

「この時間に帰宅するとか、違和感しかないな」

そんなことを呟きながら、俺は人混みに紛れて駅のほうへと歩いて行く。満員電車ともしばらくはお別れだ。

毎朝、あんなに嫌だったのに、今は少々名残惜しさを感じている。

明日から何をしようか。特に何も決まっていない。まっさらになった明日からのスケジュール帳を見ながら、少しだけ気分が軽くなる。

今はまだ、何をすべきなのかもわからないけど、そのうち気力が湧いて、また歩きだせるようになる。

そう思っていた。

二〇二二年三月三十一日、俺は無職になった。

ピピピピッ、ピピピピッ――

目覚ましの音が鳴り響く。俺は寝ぼけながら寝返りをうち、目覚ましに手を伸ばしてベルの音を止めた。

適当に押したから、その拍子に目覚ましが床に落ちてしまう。がらんと音を立てて落ちた目覚ましから、いくつか部品が転がる。

「あーあ、壊れたかな……」

無気力に、身体(からだ)を半分だけ起こして転がった目覚まし時計に手を伸ばす。あと少し、もう少しで届きそう、というところで……。

「おわっ！」

そのままベッドから転がり落ちてしまった。

大きな鏡に、情けない格好で床に転がる自分がうつっている。髪の毛もぼさぼさで、無気力な表情をした……他人みたいな自分が。

「……はぁ、何やってんだろ……俺……」

会社を実質クビになってから、すでに二週間が経過していた。

あれから特に何もない。ネットで軽く就職先を探したり、適当によさそうな求人にネットで応募したくらいだ。

転職サイトに登録すると、毎日のように電話がかかってきて、親切にしてくれているのはわかるけど、そのうち面倒になった。

仕事を辞めて数日のうちは、まだ働く気もあったし、再就職のためにいろいろと調べないといけないとか、やる気はあったほうだ。

けれど次第に、徐々に、いろいろと面倒になってきてしまった。

買い物にいかないと冷蔵庫から食べるものが消える。特に外出する予定もないから、一日中、酷い時は三日くらい同じ服で過ごしている。

自堕落な生活とはこれまで無縁だったからこそ、こういう生活をすることで、だらけることに慣れ始めていた。

よくないことだという自覚はある。けれど……。

「やる気が起きない」

何もやる気が起きなかった。

やらなきゃいけないと心の奥底で思うだけで、表に行動として現れるまでには達していない。深い深い水の底に、俺のやる気は沈んでしまったらしい。

情けなくなってくる。

自分はもっと、切り替えのできる人間だと思っていた。だけど、どうやらそんなことはなかったらしい。

俺は未だに、あの時の失敗を引きずっている。

再就職したところで、また同じように失敗して、自分から居場所を捨てることになるのではないだろうか。

恐怖とすら言えない漠然とした不安が、俺の身体を重くしている。

それでも……。

「いい加減、ちゃんとしないとな」

俺は自分に言い聞かせ、だらけ切っている顔をパンと左右から叩いてやる気を起こす。

このまま自堕落な生活を続けていては、本当にダメな人間になる。そうじゃなくても、貯金額には限界があるんだ。

今は四月の半ば頃。今月中に再就職先は決めないと、食える物すらなくなってしまう。

家賃すら払えなくなれば、一人暮らしをしているマンションからも叩きだされる。そうなったら家無しだ。

実家に帰るという手段もあるけど、なるべく迷惑をかけたくない。会社を辞めたことも、両親にはまだ話していなかった。

両親は田舎にいて、都心のほうに出ることにも少し反対していた。

自分なら問題ないと説得して、大学から都心のほうに引っ越している。今さら、やっぱりダメでしたなんて格好悪すぎる。

「よし」

まずは顔を洗って服を着替えよう。

ネットで応募した面接も、確か明日か明後日(あさって)になっていたはずだ。いい加減、次の仕事を見つけるために動き出さないと。

人間らしい生活を送るためにも、働いてお金を稼がないといけない。みんな大人なら当たり前にしていることのはずだ。

◇◇◇

翌日。俺はネットから応募した会社の面接にきていた。

久しぶりにスーツを着ると、やっぱり身がシャキッと引き締まる。ダメな人間から、社会人に戻ったような感覚だ。

応募した会社は以前の会社に比べて小さくて、業界内での位置的にも中小企業だった。本当はもっと給料のいい会社を受けたかったけど、中々見つからない。

今の時期はすでに新卒も入っている。この時期にまだ募集をかけているのは、新卒が入らなくて困っている会社が多い。

新卒が入らなかった理由は、要するに選ばれるような条件、環境ではなかったということだ。

それでも、一旦は就職しておかないと、俺はただのニートになってしまう。

高校も進学校で、大学も都内でも有数な学校を、ちゃんとストレートで卒業している。以前に勤めていた会社も大手だった。

筆記試験は簡単で、特に問題はなかった。

あとは面接だ。自分という人間のよさをアピールして、この人と一緒に働きたいと思って貰えるように。

予め質問に対する返答は準備してあるし、受け答えもバッチリだ。

「では次の方、自己紹介と経歴をお願いします」

「はい。櫻野秀一郎です！」

相手の眼を見てハキハキとしゃべる。嘘はダメだけど、建て前ならば許される。返答は簡潔に、もごもごしない。

大丈夫だ。前の会社だって、何の問題もなく面接も通ったのだから。落とされる理由はないだろう。

そう思っていた俺に、面接官は質問する。

「ありがとうございます。経歴を見ましたが、大きいところに勤めていらっしゃいましたね。なぜ一年で辞めているのですか？」

「――！　それは……」

「何か理由があるのであれば、参考までに教えていただきたいのですが」

「えっと……」

目が泳ぐ。面接官から視線をそらしてしまった。質問されたらすぐに答えないと、相手の印象が悪くなってしまう。

こういう質問が来ることは、事前に予想ができていた。一年という短い期間で辞めた理由を聞くことは、面接では当たり前だ。

なるべく長く働いてほしいから、辞めた理由がしっかり答えられないと、またすぐに辞める根性のない人間だと思われる。

だから俺も、予めしっかりとした返答を用意してある。失敗のことは言わず、それっぽい理由で誤魔化す模範解答だ。

なんの問題もない。練習してきたように、ただ答えればいい。そうすれば乗り越えられるとわかっているのに。

「あの……」

「どうしましたか？」

上手く言葉が出てこなかった。

ちゃんと練習もしてきたのに、なぜか一文字も浮かんでこない。忘れてしまったというより、口が動いてくれない。

動揺、不安……そして後悔が過る。

「……わかりました。お答えいただけないのであれば、無理に聞きません」

「も、申し訳ございませんでした」

「では次の質問を――」

その後はもう、本当に酷いものだった。

一度崩れてしまうと上手く戻らない。話し方も乱れ、視線も合わなくなって、想定していた質問すら忘れてしまった。

序盤の印象がよいほど、後半で崩れれば印象はがらっと悪くなってしまう。面接官も少し呆れている様子だった。

この時点で合否は出ていない。けれど確信してしまう。俺は落ちたのだと。

日が沈み、最寄り駅の電車を降りて、改札を出て外を歩く。埼玉の中でも都心に行きやすい路線の駅で、時間的に降りる人も多い。

スーツを着ているから、俺も会社帰りのサラリーマンに見えているだろう。けれど、実際はまったく違う。

「……はぁ」

大きなため息をこぼす。

あの日から三連敗、毎日違う会社の採用面接に応募しては、悉く失敗を続けていた。合否は後日と言われながら、その時点でダメだと思い知らされる。

面接の初めは好印象だけど、決まってあの質問が来ると、上手く答えられなくて後半はグダグダに終わる。

好から悪へと転じた印象のまま面接を終えてしまえば、合格することはない。わかっているのに、反省もしているのに……結果はでない。

とぼとぼと駅前を歩く。

会社帰りのサラリーマンが、飲みに行こうと友人と話をしていたり、若き高校生たちがコンビニの前で談笑している姿もある。

みんな、楽しそうに笑っていて、自分との温度差を感じてしまった。

俺は逃げるように、普段はあまり通らない暗い道を進む。住宅街ではなく、畑や田んぼがある道で、街灯も少ない。

いつもの道を進めば十分もかからず帰宅できるのに、十分を越えて、十五分……三十分、一時間、二時間経ってもたどり着かない。

「あれ……ここ、どこだ？」

気づけば俺は、見知らぬ道に一人で歩いてきていた。周りには家もほとんどなくて、畑や林がある。

駅の近くとはうってかわり、田舎の畑道のようなところにぽつんと立っていた。

何も考えず、テキトーに歩いていたせいで道に迷ってしまったのだろう。ここがどこだかさっぱりわからない。

スマートフォンで現在地を確認しようとしたけど……。

「充電切れ」

真っ黒の画面のままピクリとも動かない。カバンの中から携帯充電器を探すけど、どうやら家に忘れてきてしまったらしい。

来た道を戻ればいいと振り返っても、後ろも左右も知らない道だらけで、自分がどっちから来たのかもわからない。

「困ったな……完全に迷子だ」

俺は大きなため息をこぼす。

まるで今の状況が、俺の人生を、未来を暗示しているかのように思えた。

自分が向かう先もわからない。ただただ歩き続けて、いつの間にか迷っていて、この先も迷い続ける。

ぐぅーと、お腹(なか)の音がなった。

節約のために昼と朝を抜いている。今日はまだ、飲み物以外を口に含んでいない。いい加減お腹が減って力が抜ける。

とはいえ、周りには自販機すらないし、そもそもお金もあまり残っていなかった。持ち歩くと使ってしまうから、財布には最低限しか入れていない。

そうでなくても、仕事を辞めてからすでに三週間余りが経過して、僅かだった貯金すら底をつきかけている。

今日食べるものも考えないと、明日からの食費が減ってしまう。こんなにも生活費で苦心したことはなかった。

生きるためにはお金が必要で、お金を稼ぐためには働かないといけない。残りのお金でなんとか食いつなげるように、帰りに買い物をする予定だったのに……。

「何してんだろ……俺……」

空を見上げると、雲一つない夜空に、星が輝いていた。星々の淡い光が、なんだか俺のことを笑っているように見える。

「ああ……もう、どうでもいいかな」

考えることが嫌になる。明日のこと、この先のこと、考えないと生きていけない。明日が来るなと叫んでも、無慈悲に決まった時間に朝は来る。

何も考えたくない。それでも、身体は正直にぐぅーと空腹の音を鳴らした。

「うるさいな」

わかっているんだよ、お腹が減っていることくらい。もうどうでもいいから、その辺の雑草でも食べてしまおうか。

俺は適当に周囲を見回して、笹（ささ）みたいに細い葉っぱの雑草に目を留める。

「これでいいや」

雑草を食べるなんて、人間らしさからかけ離れた行為だけど、無職でニートな今の自分にはお似合いかもしれない。

俺は葉っぱを乱暴にむしり取って、しばらくじっと見つめながら、ため息をこぼす。

「はぁ……」

本当に、もうどうにでもなってしまえ！

そんな投げやりな気分で、俺は手にした葉っぱを口に運ぼうとして、引き留められた。

「ダメですよ！　お兄さん！」

「──！」

雑草を口に運ぼうとした腕を、見知らぬ女の子が掴み、引き留めていた。肩に届かないくらいの短い髪で、身長も俺より随分と小さく見える。

見るからに年下の女の子が、俺の腕を掴んで離さない。

「それは食べちゃダメです！」

「……いいんだよ、もう」

見ず知らずの他人でしかない俺のことを心配してくれているのだろうか。とても優しくて親切な子なのだろう。

気持ちは嬉しいけど、もうどうしようもない。お金もなくて、仕事もないから、食べるものだって手に入らなくなる。

遅かれ早かれ、このままなら道端の雑草すらご馳走になる日が来る。

それにきっと、俺がどこで何をしていたって、誰も気に留めない。俺は特別な人間じゃなくて、どこにでもいるダメな人間だから。

そう、こんな無能な俺には、道端の雑草を食べる姿が似合っている。

だから親切な女の子、どうかこの手を離して、俺のことは放っておいてほしい。そう思っていた時、彼女は俺の手をグイッと引いて言う。

「食べるなら——こっちの雑草のほうがいいですよ！」

「……え？」

予想外の提案に、思わず呆けてしまう。

彼女は反対の手を見せる。その手には、見たことはあるけど名前は知らない、つまるところ別の雑草が握られていた。

「その雑草は食べられません！　キョウチクトウという名前で、葉っぱに花、茎から植わっている土にいたるまで全部毒なんです！　食べたら死んじゃいますよ！」

「え、そうなの？」

「はい！　とても綺麗なお花が咲くので、よくガーデニングとかにも使われています。でも実はとっても危ない草なんです！」

「そうなんだ。知らなかったな……」

確かに見たことがある花だった。駅から自宅のマンションへの帰り道にも、家の庭で育っている様子を見たことがある。

見慣れている葉っぱに花だったけど、実は毒があったなんて……ついでに名前もこの時に初めて知った。

「その点、こっちの草なら毒はないですし、ちゃんと食べられる雑草なんですよ！」

「そうなの？　えっと……」

彼女の左手に握られている葉っぱも、ピンク色の綺麗な花を咲かせている。どこかで見たことのある草ではあった。

けれど、キョウチクトウと同じく、見たことがあるだけで名前まではわからない。

「これはハルジオンと、ヒメジョオンという雑草です！」

「え、二種類？」

ぱっと見は一種類の雑草を握っているように見えるけど、どうやら違うらしい。彼女はわかりやすいように、二種類に分けて説明してくれた。

「こっちのピンクの花が咲いているのがハルジオンです。それでこっちがヒメジョオンで、見た目は似ているんですけど違う雑草なんですよ」

「へぇ……」

まじまじと見ても同じにしか見えない。こんなにも雑草を凝視したのは、人生でも初めての体験かもしれない。

「こっちは白い花が咲くので、花があれば簡単に見分けられます。あとはハルジオンのほうが背が低いです。味はどっちも似ていて、天ぷらが美味しいです！」

「天ぷらかぁ」

確かに、山菜の天ぷらとかは美味しくて、独特な苦みも大人になってから食べると癖になる。でも、これは山菜じゃなくて雑草だし……。

「あんまり美味しそうには見えないな」

「むっ！　そんなこというなら食べてみてください！　きっと美味しくて、天ぷらは雑草でいいって思うようになりますから！」

「そこまでいく？」

「はい！　他にもたくさんありますよ！　美味しい雑草！　一緒に探しましょう！」

「え、あ、ちょっ！」

彼女は俺の右手を握り、強引に引っ張って歩き出した。小さくて温かい……柔らかくて、女の子の手の感触だ。

「決めたら急げですよ！　早くしないと逃げちゃいますから！」

「いや、雑草は動かないだろ。根を張ってるんだから」

そういう問題でもないか。というか、なんで俺は冷静に、呆れながらツッコミをいれているのだろうか。

握られた手も、振りほどこうと思えば簡単だ。相手は年下で小柄な女の子。力も俺より強いというわけじゃない。

出会ったばかりで名前も知らないし、こんな場所で何をしているのかも不明。あやしさ満点なのに、どうしてかな？

引き込まれる。彼女の雰囲気に、夜なのに太陽みたいに輝いて見える……その笑顔に。

「まぁ、いいか」

どうせやることもない。食べるものもない。帰り道もわからない。

一期一会、偶然だろうけどせっかく出会えたし、一応命の恩人……ではあるから、悪い子ではないだろう。

俺は名前も知らない女の子に連れられて、見知らぬ地を一緒に歩く。

暗い夜道、周りは草や木、田んぼや畑ばかりで人影すらない。子供はもちろん、大人でも恐怖を感じるような場所なのに、彼女は臆さない。

常に笑顔を絶やさず、グングン前に進んでいく。

「ありましたよ！」

新しい雑草を見つけて駆け出し、しゃがみこんで引っこ抜く。手に入れた雑草を手に振り返り、笑顔で俺に見せてくれた。

「これも美味しいんです！」

「これも紫の花が咲いてるね。さっきのえっと、ハルジオンと同じ？」

「これはカキドオシというシソ科の雑草です！　鼻を近づけてください！　ほんのりですけど、シソの香りがしますよ！」

「そうなの？」

「はい！　どうぞ！」

彼女は手にした雑草を俺の顔に向ける。俺は雑草に鼻を近づけてみる。土と雑草の香りがして、ほんのりとシソの香りが漂う。

「本当だ。シソだ」

「でしょ！」

いつの間にか、彼女も香りをかぐために顔を近づけていた。俺と彼女は雑草を隔てて顔を近づけ合っている。

意味不明なシチュエーションだけど、思わずドキッとした。こんなにも間近に、女の子と顔を見合わせたのはいつぶりだろう。

「えっと、これは何が美味しいんだ？」

「天ぷらです！」

「これも天ぷらか」

「はい！　毒のない大体の雑草は天ぷらで食べれます！　と、私は思っています！」

「思ってるだけなのか……」

「大丈夫です！　自分で食べて確かめていますから！」

えっへんと胸を張り、ニコリと明るい笑顔を見せる。雑草なんて普通は食べようと思わないけど、どうして彼女は食べたことがあるのだろうか。

疑問には思ったけど、彼女に再び手を握られて、引っ張られるうちに、どうでもよくなっていた。

「次も探しますよ！」

「まだあるの？」

「はい！　今夜は天ぷらにして美味しい雑草デーなんです！　お腹の虫が鳴いて昆虫になっちゃう前に急ぎましょう！」

「どういう状況なんだよ……」

彼女は時々、独特な表現をする。それが少し面白くもあり、呆れてしまうほど理解ができない言い回しだ。

彼女に引かれ、整備された道から土の上を歩いて行く。

「これも美味しいです！」

「ああ、これは見たことあるぞ。確かあれだ。えっと……ヨモギ？」

「正解です！」

ヨモギは俺も知っている。ヨモギ餅になる葉っぱのことで……よく考えたら、それ以上の知識はなかった。

「煎ってお茶にするのも美味しいんですよ！　ヨモギ茶です！」

「ヨモギってお茶にもなるのか！」

「はい！　雑草だけど、ちゃんと食べられる草の一つです！　他にもこの隣の草とか！」

「これ、クローバー？」

小さい頃に四つ葉とか探していたことがあった。四つ葉のクローバーを見つけると幸せになるんだっけ？

「残念！　これはクローバーじゃありません！」

「え、そうなの？　見た目まんまだけど」

「似ているけど違う草です。これはカタバミという雑草です。それで、こっちがクローバーです！」

彼女はひょいと一歩先へ進み、しゃがみこんで草をむしる。右手に新しく採取した雑草を、左手にカタバミを持って見せてくれた。

「よく見てください！　カタバミのほうは葉っぱがハート形で、花も黄色です！」

「クローバーは葉っぱが丸くて、花は白なのか」

「そうです！」

「言われてみると全然違うな」

「はい！　でも繁殖力とか、味は大体一緒ですよ！　同じところに生えてる草です！　背が低くてよくみんなに踏まれる可哀想(かわいそう)な草でもあります」

「気づかないし、気にしないもんな」

道路のヒビにも雑草は生えている。わざわざ避けて歩くことはないし、そもそも気にすら留めていない。

当たり前だけど、誰も食べようと思わないから。

「勿体ないですよね。ちゃんと食べれる草なのに」

「みんな知らないよ。これが食べられる草かなんて」

「そうですね！　でも、お兄さんも今知ったから、これから見る目が変わりますよ！」

「――そうかもな」

知らなかったことを知るのは楽しい。知識を身に付けるのは勉学であり、後に生かすための知識としてただ楽しくて覚えてしまうことも多い。大抵はくだらなくて、何の役にも立たないような知識だけど、好奇心は満たされる。

いつの間にか俺は、彼女の話に、道端の雑草に夢中になっていた。

「これって食べられる草？」

「はい！　ナズナです！」

「ああ、春の七草の一つか。セリ、ナズナ」

「そうですよ！　ぺんぺん草ですね！」

「あれ、なんでぺんぺん草っていうんだろうな」

「葉の形がぺんぺんと弾く三味線のバチに似ているからですよ！」

「よく知ってるな」

「ちゃんと勉強していますからね！」

彼女はえっへんと胸を張る。雑草の知識なんて、持っていても大して役には立たないだろうに。いいや、彼女にとっては別なのか。

「普段からこんなことしてるの？」

「はい！　ほぼ毎日です！」

「毎日、すごいな。飽きない？」

「全然！　毎日のように新しい発見があって楽しいです！　今日も新しい発見がありましたからね！」

「へぇ、なに？」

「お兄さんを見つけました！」

彼女は雑草を拾いながら俺のほうを向く。

「え、俺？」

「はい！　ここの今の時間で人を見かけたの、お兄さんが初めてです！」

「そうなんだ。でもそれ、大した発見じゃないだろ？」

「いいんですよ！　大きさなんて関係ありません。新しいことを知って、新しいものに出会って、そしたら楽しくなります」

「楽しい……か」

「お兄さんは楽しくありませんか？」

彼女は尋ねる。少しだけ落ち着いた笑顔を見せる。俺は少しだけ考えた。スーツを着ながらしゃがみこんで、見知らぬ地で、知らない女の子と雑草を引っこ抜いている。

端からみれば不審者で、何をやっているのかと笑われるだろう。

「……ああ、楽しいよ」

それでも楽しい気持ちに嘘はつけなかった。

「ガキの頃に戻ったみたいだ。と言っても、インドアだったからゲームとかばっかりだけど……なんていうか、冒険してる感じがする」

「そうですよ！　これは冒険です！」

「冒険……じゃあここは、俺にとっては異世界だな」

草木だらけの風景に、人間は俺と彼女の二人だけのように感じる。実際そうかもしれない。駅から歩ける距離にも、俺が知らない異世界はあったんだ。


「いっぱい集まりましたね！」

「ああ、すごい量だな。これを天ぷらにするのか？」

「はい！　道具はここにあります！」

彼女は背負っていたリュックサックを下ろし、地面に置いて中身を取り出す。二リットルの水と、天ぷら用の油と天ぷら粉、味付けの塩。パックに氷と卵も入っている。アウトドアで使うガスストーブに、取っ手がついた鍋もある。

「よく担いできたな。重くなかったの？」

「重かったですよ？」

「言ってくれたら俺が持ったのに」

「本当ですか？　じゃあ次からお願いします！」

「ああ、わかっ……」

今、彼女は次って言ったのか？

「じゃあ始めますよ！　まずは雑草を洗います！　土とかをしっかり落としてください！」

「あ、ああ」

彼女に指示をされながら、採取した雑草に水をかけて洗っていく。

「これで綺麗になってるのか？」

「表面が多少は。あとは高温の油で揚げちゃえば、大抵は食べられます！」

「そうなんだ。油と熱って偉大だな」

「偉大ですねー。人類の大きな発明の一つです」

なんて気の抜けた会話をしながら、天ぷら粉に卵を混ぜる。混ぜるための箸が入っていなかった。

「箸は？」

「この辺の枝をこうして、これで箸です！」

「いいのかそれ……」

「大丈夫です！　これは毒がない木の枝なので箸になります！　長さも奇跡的にピッタリ

ですよ！」

　さすがに手で混ぜるわけにもいかないから、言われた通り木の枝を箸代わりに使ってかき混ぜる。

　続けて雑草に天ぷら粉をつけていく。彼女がガスストーブを準備して、すでに鍋に油を入れて温めていた。

「いつでもいけます！」

「お、おう！　じゃあ入れるぞ？」

「はい！」

　なんだかいけない会話をしている気もするが、こんな状況で気にしたら負けだ。俺は天ぷら粉をつけた雑草を油にいれる。

　バチバチと油が跳ねて、いい音といい香りがしてくる。

「もういいかな？」

「はい！」

「皿とか、ないよな？」

「もう一つ鍋があるので、それを使います！」

　ハッキリ言って見栄えは最悪だ。鍋の中に天ぷらを放り込む。しかも中身は雑草で、もう何かもわからない。

「お兄さんからどうぞ！」

「え？　俺から？」

「はい！　せっかくなので、お兄さんから食べてほしいです！」

「わ、わかった」

人生初の雑草天ぷら。今さらながら、これを食べていいものなのかと考えてしまう。でも、期待している女の子の視線と、少し前の自分を思い返す。

「よし」

俺は一口で、揚げたての雑草天ぷらを食べた。サクッと音がして、口の中に天ぷらの味が広がる。

「どうですか？　ちょっと苦みがあって、そこが美味しいですよね？」

「……」

「お兄さん？」

「ああ、美味しいよ」

雑草だと思えないほど、ちゃんと天ぷらになっているし、山菜天ぷらを思い出す。彼女の言う通り苦みがあって、それがたまらなく美味しい。

「ど、どうしたんですか？　そんなに苦いですか？」

「え、あ……」

気づけば俺の瞳からは、涙が零れ落ちていた。女の子は心配そうに慌てながら、俺の顔を覗き込む。

「いや、違うよ。ただ……なんか感動してるんだ」

雑草の味にも驚かされたし、それ以外のことにも。雑草探しは楽しくて、未知に溢れていて、新鮮だった。

ここは同じ地球の、同じ国の同じ街のどこかだ。ちょっと道を外れて、視線を向ければ気づけたはずの景色。だけど、無意識に見てこなかった景色がここにある。

俺は痛感させられた。この味に、今夜の体験に。

「……俺さ。ちょっと前に会社ででかいミスをして、それをきっかけに辞めてから、何もかもやる気が起きなくなってたんだよ」

「そうなんですか？」

俺はこくりと頷く。

大きなプロジェクトを任されて、失敗した。送るはずの資料を、違う会社に送ってしまい、顧客情報や会社の情報が、俺のせいで他社に伝わった。

これだけでもありえないミスだ。しかも間違えて送った先の会社は、俺が担当していた会社とは競合他社……簡単に言えば、競争相手だ。

競っている相手に情報を与えてしまった。自分の会社の信用を損ない、加えて他社にも損害を出す可能性がある。

最終的には上司や会社が上手くやってくれて、そこまで大事にはならなかったけど。

「あの時は、この世の終わりだって思ったよ。この世界のどこにも、自分の居場所がない、みたいな感覚だ」

「……」

「でも、今日のことでわかった。俺が見ていなかっただけで、世界は……街は……こんなにも広くて不思議が溢れているんだな」

俺は久しぶりに、楽しいと感じていた。勉強を頑張ったり、スポーツを頑張ったり、仕事に励んだりして。

そうしないと幸せというものは手に入らないと思っていた。でも、違うんだ。幸せはいろんな場所に転がっている。

道端の草むらとか、林の中にも、探せば楽しいことは無限に見つかるし、知らないことは山ほどある。

「世界に比べたら、俺の悩みなんてちっぽけ過ぎて、いつまで悩んでいるんだって」

「……そうですね。私たちの悩みなんて、どこにでもあるんですよ」

「……ひょっとして君、だから声をかけてくれたのか？」

落ち込んでいる俺を見て、放っておけなかったから、無理矢理にでも手を握り、引っ張りだしてくれた？

彼女はちょっぴり恥ずかしそうに笑う。

「かもしれません」

「――そっか。ありがとう。君のおかげで、スッキリしたよ」

「私のほうこそありがとうございます！」

彼女はお辞儀をする。

「お兄さんと一緒に探検して、今日はとても楽しかったです！　いつも一人なので、こうやって話しながら探すの、すごく楽しかったです」

「俺も楽しかったよ。童心に返った気分っていうのかな。こういう気持ちは久々だ。いいな、こういうのも」

「本当ですか？　だったらその、もしお兄さんがよければ……また、一緒に探してくれませんか？」

彼女は期待した瞳で俺に尋ねてくる。名前も知らない、今日出会ったばかりの他人同士だけど、どこか惹かれるものを感じた。

それだけじゃない気がする。ただ、今ハッキリわかるのは、俺も彼女と同じ気持ちであるということだ。

「もちろん。どうせしばらく暇だからな」

「ありがとうございます！」

彼女は満面の笑みを浮かべる。ちょうど月明かりが彼女を照らし、オレンジに近い茶色い髪が輝いて見える。

「改めまして！　私、高葉向日葵っていいます！」

「俺は櫻野秀一郎。よろしく」

「よろしくお願いします！　お兄さん！」

俺たちは握手をする。雑草と土の香りがついた手と手を繋ぐ。

向日葵という花は、太陽によく似ている。なるほど、確かにピッタリな名前だと思った。

彼女の笑顔はまるで、青空に燦燦と輝く太陽のように眩しくて、春の草木を育てて支える暖かな光に感じたから。

こうして俺は、女の子と雑草を探す約束を交わした。

第一章　辛くとも歩みは止めず

世界は広い。

当たり前のことを、二十三年と十か月生きてきて、今さら気づかされた。身近にある景色の中に、スルーしていた道の先に、まだ知らないことがたくさんある。

隠れているわけでも、見えなくなっているわけでもなかった。ただ、当たり前すぎて気づかなかっただけなんだ。

「昼間に来ると全然違うなぁ」

翌日、俺はあの場所を訪れていた。

失敗続きの面接で落ち込みながら、迷い込んでいった未開の地。民家もなく、畑や草むら、雑木林しかない田舎道を進んでいる。

街灯もロクになくて、夜にはほとんど見えなかった景色が、今はハッキリと見えている。

意外とちらほら民家があった。古い家だから、きっと元気なご老人が暮らしているんじゃないだろうか。

土の道の横には川が流れていて、同じ埼玉とは思えないほど綺麗に見える。実際はどうか知らないけど。

自宅から徒歩一時間。どうやらあの日は迷いながら進んだせいで、余計に時間がかかってしまったらしい。

徒歩で一時間なら意外と近い。よーく遠くを見ると、自分が暮らしている住宅街が小さく地平線を作っていた。

「本当にいるのかな、あの子」

毒草を食べようとした俺を引き留め、大冒険へと連れ出してくれた女の子、高葉向日葵。知っているのは名前だけ、連絡先も交換しなかった。スマホの充電がきれていたから、というわけじゃなくて、お互いにあの時は、連絡先を交換するという発想がなかった。

また一緒に雑草を探しましょう。そんな約束をして、時間と場所だけを決めて、俺は再びこの場所にやってきていた。

この辺り、という曖昧な範囲の指定だったし、夜道で昨日どこまで歩いたのかはハッキリと覚えていない。

今のところ、彼女らしき人影どころか、自分以外に誰も歩いている様子もなかった。

「夜だからとか関係ないんだな」

昼間でも人通りはないらしい。土曜日だからというのもあるのだろうか。いや、平日でも同じ気がしてきた。

俺はキョロキョロと彼女を捜し、見つからないまま歩いていた。

「……夢だったのかな」

よく考えたら意味のわからない体験だった。いきなり女の子に声をかけられて、手を引かれて雑草を探し歩き、天ぷらにして食べるとか。

普通に生きていたらありえない体験をしていたし、昨夜の俺は酷く落ち込んでいたから、幻覚を見たりしたのかも……。

「いや、そんなことないよな」

幻覚なんかじゃないと、俺の手に残った彼女の感覚が、一緒に食べた天ぷらの苦みのあるうまさがそう言っている。

あれも全てが幻だっていうのなら、俺はもうとっくに現世とおさらばしているだろう。だったら、からかわれてしまっただけなのだろうか。まぁ、それも考えられる。見ず知らずの男ともう一度会う約束なんて、危なくて普通はしない。

もし、からかわれただけだったとしても、もう一度だけは会いたい。会って、お礼を言いたいと思った。

「――ん？」

ごそごそと、隣の草むらから不自然な音がした。明らかに何かがうごめいている。しかも音がどんどん近づいていた。

後ろには雑木林もあって、そのさらに奥には山もあるはずだ。

「ま、まさか熊とかじゃないよな？」

熊なんているのか？

ここ埼玉だぞ？

家賃が安いから田舎側の街だけど、都内には出やすいし、わりと便利で駅周辺は栄えているほうなんだぞ？

ごそごそという音は次第に大きくなる。音の大きさ的に、猫や野良犬の類でもなさそうな気がした。

俺は後ずさる。熊と遭遇した場合は死んだふりでいいんだっけ？

いやいや、あれやったら普通に殺されるってネットで見た記憶がある。音か、音を鳴らせばいいのか？

スマホでベルの音を検索して爆音で流す……ここ圏外だった！

「ぷはー！」

「うおっ！　って、君は……」

「あ！　やっと見つけましたよ！　お兄さん！」

草むらの中から現れたのは、熊とは似ても似つかない、実に可愛らしい笑顔の女の子だった。俺は驚き過ぎて変な体勢になる。

「どうしたんですか？　そんなに驚いて」

「いや……草むらからいきなり飛び出したら驚くよ」

「そうですか？　私はワクワクしますよ。何が来るのかなーって！」

「逞しいな」

この子はなんとなく、熊と遭遇しても仲良くなってしまいそうな気がした。

俺はため息をこぼし、彼女は草むらから全身を出して、服についた草をパタパタと払ってから俺と顔を合わせる。

「こんにちは！　お兄さん」

「ああ、こんにちは、高葉さん、でよかったよね？」

「はい！　あ！　でもよかったら下の名前のほうが嬉しいです！　苗字で呼ばれること少ないので！」

「そう？　じゃあ、向日葵さん」

「はい！」

彼女は嬉しそうに笑顔を見せる。向日葵は太陽の花と呼ばれていて、彼女の笑顔にはその名に似合う明るさと、温かさが宿っている。

明るめな髪の色とも相まって、見ているだけで元気が貰えそうだ。

「それじゃ、今日もよろしくお願いします！」

「うん。こちらこそよろしく」

俺たちはお互いにぺこりとお辞儀をしあって、顔を合わせて同時に笑った。なんだか不思議な感覚だった。

「今日はどうするの？」

「明るいうちに草むらの奥に行きます！　この先に川があるんです！」

「川か。だから濡れてもいい格好って言ってたんだ」

「はい！　お兄さん、今日はラフですね」

「スーツじゃないからね」

　上は長袖を腕まくりして、下は七分丈のズボンを穿いてきた。どちらも安物だし、長年着ているからいい具合によれている。

　汚れたら捨てるか、雑巾にでもすればいいだろう。

「さっそく行きますよ！」

「ああ、って、それカメラ？」

「はい！」

「撮影するの？」

「そうですよ！　あ、ちゃんとお兄さんの顔とか音声は入らないように加工するので大丈夫ですよ！」

「加工……」

　今の言い回しだと、ただ動画を撮影するというわけではなさそうだ。もしかして、と思って彼女に尋ねる。

「ネットに動画をアップしたりしてる？」

「はい！　ヨーチューブで生き物系のチャンネルやってます！」

「そうだったのか」

近年、ネットには様々な動画が投稿されるようになっている。少し前までヨーチューバーとか、最近はVRが増えているらしい。

俺も暇つぶしとかになんとなくで動画を見ていることがあった。大体は動物系の癒し動画を、ぼーっと見ていることが多い。

「生物系かぁ、あんまり見たことなかったな」

「面白いですよ！　いろんな発見がありますし、ちゃんと見てくれる人もいますから！」

「へぇ、なんて名前のチャンネル？」

「私のですか？」

「ああ、見てみたいなと思って」

興味本位で尋ねてみると、彼女はちょっぴり顔を赤くしてもじもじする。

「な、なんだか恥ずかしいですね」

「そうなの？　動画アップしてるなら、そういうのはもう感じてないのかと思ったけど」

「知ってる人に見てもらうのは緊張しますよ。えっと、名前はサンフラワーちゃんねるです！」

「サンフラワー、なるほど、向日葵チャンネルか」

自分の名前をチャンネル名にしているから、余計に恥ずかしいと思うのだろうか。その感覚は、活動をしている当事者にしかわからないな。

「あ、安直ですよね」

「そんなことない。良い名前だと思うよ」

「そ、そうですか」

なんだか彼女は嬉しそうだ。チャンネルの名前を褒められただけなのに、とか思ったけど、よく考えたらチャンネルの名前がそのまま彼女の名前だから。

今のって、間接的に彼女の名前を褒めたことになったり、しないか？

それで嬉しそうにしていたりして。

「えっと、お、登録者五十万人以上いるのか。すごいな」

「そんなことありませんよ。もっとすごい人たちがいっぱいいますし、始めてからの期間もまだ一年ちょっとですから」

「いや、一年ちょっとでここまで伸ばしたなら逆にすごいだろ」

いくつか再生数の高い動画を覗（のぞ）いてみる。動画は探索をしている光景に軽快な音楽を流し、字幕で説明を入れている。

「声は入れていないんだね」

「はい。私、説明するのとか、話すのはちょっと苦手なんですよ」

「そんなことないだろ？　昨日もすごくわかりやすくて丁寧に教えてくれたし、声もよく通るから聞きやすかったよ」

「本当ですか？」

「ああ、声も入れたほうが人気出ると思うけどな」

単に女の子の可愛い声が入っているだけで、男は興味をそそられるから。なんてこと、恥ずかしくてとても言えないが。

「そうですか……ちょっと考えてみますね」

「ああ、もし編集とかで気になることがあれば手伝うよ。俺、大学行ってる時に動画編集のバイトもしてたから、それなりにやり方は知ってるし」

「本当ですか！　じゃあいろいろ教えてほしいです！　私どうしても、パソコン周りのことが苦手で、上手くできないんです」

彼女はしょぼんとした顔で落ち込んだ様子を見せる。俺は掲載されている動画をいくつか再生してみた。

「そう？　十分上手く編集できてると思うけど……あーでも、動画の区切り方とか、パターンがいつも同じに見えるのは気になるかな」

「はい。最初に教えてもらって、その方法しか知らないので」

「教えてもらったこと、ちゃんと実践できてるのがすごいよ。応用とかは考えることも多くて大変だからね」

「そうなんです。あの、もしよければ今日撮影する動画の編集、一緒にやってもらえませんか？」

「もちろんいいよ」

どうせ家に帰ってもやることはないし、彼女のおかげで多少食費が浮いている。恩返しはさせてもらいたい。

「じゃあこれが終わったら、私の家に案内しますね！」

「ああ、わかっ……」

え、今彼女の家って言わなかったか？

「それじゃ行きましょう！　暗くなる前に戻りたいですからね！」

「お、おう」

たぶん気のせいだな。まだ出会って二日目の男を、いきなり家に呼んだりしないだろ。

そう思って、俺は彼女の後に続く。向日葵さんは最初に出てきた草むらへと入っていき、前で草をかき分ける。

「この先に川があるんだよね？」

「はい！」

「よく道がわかるな。この雑草全部背が高いし、俺でも前が見えないのに」

「前に探索していて、偶然見つけたんです！　方向はほら、今の時刻と太陽の位置で、なんとなくわかりますよ」

上を見上げると、燦燦（さんさん）と太陽が俺たちを照らしていた。太陽は東から昇り、西へと沈んでいく。大体十二時くらいに、てっぺんに昇るはずだ。

東西は太陽の動きで判断できる。そして基本的に、日本で太陽は南側を昇る。

「真東を昇るのは、春分と秋分だけだっけ」

「そうですよ！　よくご存じですね！」

「それはこっちのセリフだよ」

俺より明らかに若いのに、大自然のことをよく知っている。そういうチャンネルをやっているから、自然と身に付いたのだろう。

いい趣味だな。

（あれ？　昨日は？）

ふと疑問に思う。昨日の夜もここにいて、動画の撮影はしていなかったし、機材とかもカバンの中に入っていなかった。

撮影でもないのに、彼女は一人でこんな場所に、雑草を探しにきていたのか？

「もうすぐ到着しますからね！」

「あ、ああ……」

名前と、チャンネルをやっていること。彼女について俺が知っていることは、今のところその二つだけだった。

どうして、彼女はこの活動をするようになったのだろう。休日はともかく、平日の昼間は何をしているのだろう。

たぶん、外見的に学生だとは思うけど、今の時代はいろいろな生き方がある。高校や大学に行くのが当たり前、という時代でもないだろう。

なぞが多い女の子だ。願わくは知りたい。プライベートなことだし、普段なら他人にそこまで興味も持たないのに、今は無性に……気になる。

「到着しました！」

「おお……こんな場所があったのか」

草むらを抜けた先に、一本の川が流れていた。川辺は砂利で、奥は雑木林。ここだけ山奥に来たような、まるで別世界のように感じる。

同じ埼玉なのに、他県の山奥にでも遊びにきたような気分だ。

「川で何を取るんだ？」

「ここにはですねぇ、おっきなナマズが棲んでいるんですよ！」

「ナマズってあのナマズ？」

「はい！　別のナマズがいるんですか⁉」

「いや、知らないけど」

用水路とかにもよくいた髭の生えている、顔が妙にひらべったいあの魚のことだろう。

実家で暮らしていた頃は、近くの用水路で見かけていた。近所の友達は、よく男子何人かで用水路に入り、ナマズを網で取っていたな。

俺は服が汚れると親に怒られるから、それには参加できなかったけど、本当は彼らに混ざって遊びたかった。

「十数年越しに叶うのか……ん？　でも俺、釣り竿とか何も持ってないよ？」

「大丈夫です！　道具ならこちらにあります！」

　バババーンという効果音が流れたように錯覚するモーションで、彼女は川辺の砂利に突き刺さった二本の網を見せてくれた。

「それって釣りとかで使う網だよね？　それで捕まえるの？」

「はい！　釣りも楽しいですけど、今日の川はそんなに深くないですし、中に入って探したほうが楽しいです！」

「楽しい……か」

　彼女の行動原理の大半は、楽しいかどうかなのだろう。実際、昨日はとても楽しかった。その彼女が、楽しいと言っているんだ。だったら間違いないだろう。

「よし！　俺も楽しもうか」

「はい！　一緒に楽しみましょう！」

　彼女は俺に、網の一本を手渡す。川に入っても大丈夫な服装と、汚れてもいい靴を履いてきた。

　川の中は滑りやすくて危ない。本当はマリンシューズとかを用意すべきらしいけど、お金以前に今から買っても届かない。

　使い古した靴が一足残っていたから、それを履いている。サンダルとかで来るよりはいくらかマシだろう。

「冷たいな」

「まだ春でも寒いほうですからね」

「そういう君は平気そうだな」

「慣れてますから！　冬の海とかよりは全然平気ですよ！」

「冬の海……地獄だな」

　絶対寒くて手が動かない。慣れていないと速攻で風邪を引いて、翌日からゲホゲホ言わせながら寝込んでいるだろうな。

「気をつけてくださいね。滑らないように」

「ああ、流れは弱いのに、滑りやすいだけでも大分危険だな」

「そうなんですよ！　川は浅くても溺れることがありますし、浅い分地面が近いので、転んだ時に頭を打ち付ける危険もあります」

　子供の頃に両親が川や水辺ではなるべく遊ばないようにと注意してきたことを思い出す。大人になった今、その意味がよくわかる。子供の小さな身体で、もしも流れに負けて転んでしまったら……。

　親の注意を素直に聞いておいてよかったと思う。

　ふと、新しい疑問を抱く。彼女の親は、彼女がこういう活動をしていることを知っているのだろうか。

　知った上で許可を出しているのだろうか。疑問が立て続けに浮かぶと、我慢できなくなってしまう。

「ねぇ、向日葵さん、聞いてもいいかな？」

「なんですか？」

「動画投稿を始めたきっかけってなんだったの？」

「きっかけですか？　そうですねぇ、師匠に教えてもらったからですね」

「師匠？　動画の？」

「そうです。あとは釣りとか、生き物取りのこととか！　師匠も動画投稿者をしていて、私に教えてくれたんですよ。こういうの投稿すれば儲かるよって！」

「も、儲かる？」

思いもよらぬ返しがきて、思わず動揺してしまう。まだ二日目だけど、俺の中で彼女のイメージは、お金とかより楽しいことを優先する、みたいな女の子かと思っていた。

どうやらそうでもないらしい。

確かに、動画投稿者は収益化すれば広告費の一部が還元される。有名な投稿者は、一か月で億近く稼ぐと言われていた。

今じゃ子供たちが将来なりたい仕事ランキングの上位入りを果たすほど、動画投稿者には夢がある。

その分大変だけど、彼女のチャンネルはすでに登録者が五十万人を超えているし、再生回数も多かった。

「じゃあ、動画投稿はお金のために？」

「そうですね。あと半分は趣味です」

「趣味か」

完全にお金のためだけじゃなかったことに、なぜか内心でホッとしている自分がいた。イメージの押し付けはよくない。

彼女だって女の子だし、見た目からして年齢も若いだろう。

「服とか、いろんなことにお金はかかるもんな」

「いえ、収益の大半は生活費に使います。残った分は将来のための貯金です」

「思ったより現実的な使い方だな。え、でも生活費って？」

「家賃に、水道代に、電気代とガス代はどんどん上がって困りますね。あとは食費ですけど、なるべく節約してます。食材も現地調達です」

「げ、現地調達……」

昨夜のことを思い返す。あれはそういうことだったのだろうか。動画も撮影せずに、純粋に夕食の食材を取りにきていたと？

「それ全部、自分で払ってるの？」

「はい！」

「家事とかは？」

「自分でやっていますよ！　一人暮らしなので！」

「そうだったのか」

一人暮らしなら、生活費を自分で賄っているというのも珍しくない。学生でも、バイトをして自分のお金でやりくりしている人もいた。

親元を離れて自由に生活するために、自分のことは自分でやれるように。

「今さらだけど、向日葵さんって学生？」

「はい！　西高の二年生です！」

「西高か。確かあそこって進学校だよね？　勉強とか難しいんじゃない？」

「大丈夫です！　勉強もちゃんとしてます！　こう見えて成績は優秀なんですよ！」

えっへんと背筋を伸ばし、胸を張ってどや顔をする。彼女はとても表情豊かで、顔だけじゃなく全身で感情を表現する。

その動作が面白くて、小動物に近い可愛さを感じる。

俺も進学校に通っていたから環境としては近い。周りも勉強はできるし、することが当たり前だから、少しでも手を抜けば置いていかれる。

テストで成績が悪いと馬鹿にされたり、酷い時はイジメられることだってある。そんな環境にいながら、自分の生活のことも考えているのか。

「立派だな。向日葵さんは」

「え、そうですか？」

「ああ。俺は高校まで実家暮らしだったし、家事もしたことなかった。大学に入って一人暮らしを始めて、一人で生きることの大変さを学んだよ。でも家賃とかは親が払ってくれてたから、勉強に集中できるようにって」

有り難かったけど、今から思えば俺はずっと甘えていただけだ。親元を離れて都会に出ることを反対しながら、見捨てずに支援してくれた両親の優しさに。

「向日葵さんのこと、俺は尊敬するよ」

「――あ、ありがとうございます」

彼女は頬を赤らめて、明らかに恥ずかしそうに目を逸らす。

「あれ、向日葵さん？」

「ご、ごめんなさい！　その、そんな風にハッキリと褒めてもらえたこと、今までなかったので……嬉しくて」

「――そ、そっか」

なんだかこっちが照れてしまう。

今さらながら、女子高生相手に、尊敬しているとか、恥ずかしいセリフを口にしてしまったなと。言葉に嘘はないけれど、格好つけすぎだと思われてたらどうしよう。

動揺を隠すように、俺は別の言葉を探す。

「向日葵さんみたいな娘がいると、親も鼻が高いだろうね」

「――そうだといいですね！」

「向日葵さん？」

なんだろう？

今、彼女が見せた笑顔だけは、これまで見たどの笑顔とも違っていた。楽しさや嬉しさよりも、悲しさが入り混じっているような……。

ハッキリと褒めてもらえたことがないと彼女は言った。それって、両親は彼女がやっていることを認めていないのだろうか？

それとも、彼女の両親は最初から、このことを知らない……。

「あ！」

「え、何？」

「いました！　前に見つけたおっきなナマズです！」

「え、どこ⁉」

「ほらあそこ！　大きめの丸いパイプ？　っぽいのが沈んでる場所です！」

彼女が指を差す方向にじーっと目を凝らしてみる。波打つ水面でハッキリとは見えないけど、確かにパイプが沈んでいる。

綺麗に見えてさすが埼玉の川だ。

「パイプは見えるけど、ナマズは見えないな」

「パイプの中に入りました！　ナマズはあーいう狭いところが好きなんです！　狭いところにいないと落ち着かないんですよ」

「そういう生態だったのか」

「はい。あと昼間は休んでいて、夜になると活発に動き出します」

「つまり、今が捕まえるチャンスってことか」

「そういうことですね！」

俺たちは顔を見合わせて、期待に満ちた瞳にお互いの姿を見る。こくりと頷いて、ナマズが隠れたパイプに視線を向けた。

「お兄さんは右から、私は左から行きましょう」

「ああ、ゆっくりだな」

「はい。たぶんよほど刺激しない限り、パイプの中から出てこないと思います」

俺たちは話しながら、なるべく音を殺しつつ、ナマズを刺激しないように近づいて、左右に位置取った。

「私が網を穴に当てるので、お兄さんはこっちに傾くように持ち上げてくれませんか？」

「任せろ。ゆっくりでいいか？」

「はい！　出てきたところを掬い取ります！」

俺は水の中に手を突っ込み、彼女は反対側の出入り口を網で塞いだ。このまま傾ければ、ナマズは下側の出入り口へ逃げる。

そこを上手く――

「出たぞ！」

「大丈夫です！　捕まえましたよ！」

泥を跳ねさせながらナマズがぴちぴちと暴れている。予想していたよりもずっと大きくて、大きめの網なのに入りきっていない。

「ナマズってこんなに大きいのか」

「私も初めてです！　こんなに大きいの！　全然入りきってないし、すっごく中で暴れてます！」

「あ、ちょっ、その言い方はよくないな」

「え？」

女の子がする表現としてはあまりお勧めしないという意味が、純粋な彼女には伝わらなかったらしく、キョトンとする。

その瞬間、ナマズが大きく跳ねて、持っていた網がぐわんと揺れる。

「わ、あ！」

そのまま転びそうになってしまった彼女を、すんでのところで抱きかかえた。彼女は網をだらんと下におろし、ポカンと驚いた表情で俺の顔を見上げる。

「ふぅ、危なかったな。大丈夫だった？」

「は、はい。えっと、ありがとうございます」

「無事でよかったよ。怪我（けが）でもしたら大変……」

この状況もとても大変なことに気づく。

汗と跳ねた水が彼女の服を透けさせている。うっすらと、下着のラインが見えていることに気づいてしまった。

そんな状態の彼女が、俺の胸にピッタリとくっついている。不可抗力とはいえ、相手は現役の女子高生。俺はニートだけど一応社会人。

もしもこの場で彼女が叫び声を上げたら、その瞬間に人生は終了するだろう。他人の耳に届くかは別として。

嫌なスリルを感じて、すぐに彼女から離れようとする。

「向日葵さん？」

「……」

彼女はじっと、俺の顔を見つめていた。

「ど、どうかした？」

「あ、ご、ごめんなさい！」

彼女は慌てて離れる。恥ずかしそうに頬を赤らめて、照れくさそうに言う。

「その、男の人の身体って、がっちりしているんだなぁって」

「え？　ああ、女性に比べたらね。俺は普通だよ。筋トレとかしてたわけじゃないし」

「そうなんですか？　でも、体力はありますよね？　昨日も全然疲れている様子はなかったですし、出会った直後より元気になっていましたよ？」

「あははは っ、それは気持ちの問題だよ。昨日は向日葵さんのおかげで楽しかったからな。疲れなんて感じなかった」

「そうですか。ならよかったです」

彼女は微笑む。相変わらず、太陽みたいに明るくて温かな笑顔だ。安心すると同時に、一度だけ見せたあの笑顔が気になる。

「あ……ナマズ逃げてました」

「ホントだ。まだ近くにいるよね？」

「はい！　捕まえましょう！」

「おう！」

気になりはしたけど、この瞬間はナマズのことで精一杯で、他のことを考えている余裕もないほど夢中になっていた。

あっという間に時間は過ぎて、夕方になる。

夜の川に入るのは危険だし、先の見えない草むらの中を進むのも危ないから、今日は日が完全に沈む前におしまいだ。

「ちゃんと捕まえられましたね」

「ああ、ギリギリだったけどな」

一度逃がしてしまったナマズの再捜索。川は広く、人間の視覚では中々水の中の様子はわからない。

探し回って、いないかなと思って最後にもう一度パイプを持ち上げたら、なんとさっきのナマズは帰宅していた。

どうやらあのナマズにとって家のような場所だったらしい。そろそろ切り上げようと話していたので運がよかった。

ナマズは彼女が持ってきたクーラーボックスに入れた。大きすぎてはみ出して、最後まで暴れていて大変だったけど、なんとか蓋を閉めることに成功。

「こいつを調理するんだよね？」

「はい！」

「ここでやるの？」

「いえ、さすがに道具がないので、ここで捌いたり調理はできません」

「だよね」

昨日の雑草とは違う。生きた魚の調理なんて、俺もやったことがない。彼女はクーラーボックスを持ち上げ、肩にかける。

「さて、じゃあ案内するので一緒にきてください」

「持つよ。それ、重いでしょ？」

「大丈夫ですよ。慣れていますし、お兄さんには網とか他のものをお願いします」

「それも全部俺が持つから。こういう力仕事は男のほうが向いてる」

「あ……」

気を使ってくれているのがわかったから、少し強引だけど、俺は彼女の肩からクーラーボックスを外して、自分の肩にかけた。

「いいんですか？　ご迷惑をかけると思いますけど……」

「大丈夫、このくらい重くない。案内頼むよ」

「……わかりました！　じゃあ日が暮れる前に行きましょう！」

「ああ」

俺は彼女に連れられて、川辺から草むらに入り、集合場所へと戻ってきた。そういえば行き先を聞いていないけど、どこに向かっているのだろう。

夕焼けが西の空に沈んでいくのが見える。

「綺麗だな」

「そうですね」

「この時間、普段なら会社にいたから、夕焼けを見る余裕もなかったな」

懐かしさと、温かさを同時に感じる。やっていることも相まって、今日も童心に返った気分になった。

ただ、心は童心に返ろうとも、身体はしっかりと大人なのだと、人通りが多くなってから改めて実感する。

行き交う人に二度見されたり、クスクスと笑われているのがわかった。向日葵さんが言っていた迷惑って、重さのことじゃなかったのか。

「あの……持ちましょうか？」

「いや、大丈夫」

というよりもう手遅れだ。すでに周囲の人たちには、網とクーラーボックスを担ぎ、汗と川の水で濡れ、袖と裾をめくって半袖短パンみたいな格好を晒している。

どう見ても不審者か、大人なのに子供みたいなことをした帰り道だ。実際その通りなので、何も言い返せないけど。

それにしても、どこに向かっているのだろうか？

こっちは駅の反対側で、俺が住んでいる住宅街とも違う。割と高めのマンションが立ち並んでいるエリアなのだけど……。

「到着しました！　ここです！」

「ここって、マンション？」

「はい！　四階が私の家です！」

「へぇ……え？」

今、何て言った？

「それじゃあ行きましょうか」

「ちょっ、ちょっと待って！」

さすがの俺もストップをかける。前に進もうとした向日葵さんが立ち止まり、振り向いてキョトンとした表情を見せる。

「どうかしましたか？」

「いや、え？　ここが君の家ってことは、これから君の家に入るってこと？」

「はい。そうですよ」

「……」

彼女は一切表情を崩さず、当たり前のことのように言っているけど、どう考えても普通の状況じゃない。いやまぁ、途中からなんとなく予想はしていたけどさ。

予想した上で聞かず、ここまでノコノコついてきてしまった俺が言っても説得力は皆無だろうけど。

「ダメだろ家は！」

「え？　どうしてですか？」

「いやだって、君は女の子だし、俺は男だぞ？」

「そうですね？」

何を当たり前なことを、みたいな顔をしないでくれ。まさかわかっていないのか。俺がなぜ動揺しているのかを。つまり俺のことを異性としてまったく意識していない……それはそれで複雑な気持ちだな。

「ほら、親御さんとかもビックリしないか？　突然知らない男がきたらさ」

「私は一人暮らしですよ？」

「そうでしたね」

だったら親御さんと顔を合わせる心配もない。だから安心だ。とはならないし、むしろ一人暮らしの女子高生の家に、俺みたいなのが入るのはアウトだろ。

向日葵さんのこの感じ、純粋過ぎて理解していなそうだな。今後、変な男に騙されないように、ここは大人として忠告しておこう。

「やっぱりよくないいんじゃないか？　女の子が男を家に誘うって、場合によってそういうことを期待するかもしれないし」

「そういう……！」

ようやく気がついてくれたらしい。

「お、お兄さん……も？」

「ち、違うぞ！　俺は違う！　そういうことをする気は一切ない！」

「そ、そうですか。だったらいいじゃないですか」

「いやいや、だからいいってわけじゃ……俺が嘘をついているかもしれないんだよ？」

「お兄さんは嘘ついてないですよね？」

「まぁ、そうだけど」

「だったら大丈夫です！　私、お兄さんのことは信じてますから」

彼女は底抜けに明るい笑顔でそう言ってくれた。

どうして、出会って二日しか経っていない俺みたいな男に対して、心の底から出たような言葉を笑顔で言えるのだろう。

嬉しいけど、彼女の今後は少し心配になった。いい子過ぎて、よくない大人に騙されてしまわないか、とか。

「俺が守るべきなのか……」

「え？」

「いや、なんでもない」

自分でも気持ち悪いなと思ってしまった。何様のつもりなんだよ俺は。守るって、職もないニートが何を……。

「本当にいいのか？　俺みたいなのを家に上げて」

「はい！　私だって、誰彼構わず入れるわけじゃありませんよ？　お兄さんが初めてです！　私以外にこの家に入るのは」

「俺が……」

初めて。

そんな風に、そんな表情で言われてしまったら、俺はもう何も言えない。代わりに心の内で強く誓った。

たとえどんな誘惑があろうとも、俺の鋼の理性は砕けないと。

彼女に案内されて中に入る。エントランスがあり、エレベーターがある。普通に俺が住んでいるマンションよりも綺麗だ。

予想だけど、俺のマンションよりも家賃は高いだろう。彼女はここに一人で暮らしていて、家賃や生活費の全てを自分で賄っている？

ということは、動画投稿者としての収益もそれなりということになる。下手するとあれか、俺の前の会社の給料と変わらない……いやもっと？

「夢があるなぁ……」

「どうかしましたか？」

「改めて、向日葵さんが凄い子だって感心してただけ」

「――そんなことないと思いますけど」

照れくさそうに視線を背けた横顔は、廊下の淡い灯りに照らされてちょっぴり色っぽく見えた。

到着したのは四階、四〇五号と書かれている。当たり前だけど、現役女子高生の住所を知ってしまったわけだが……。

「知るだけなら捕まらないよな？　いや、そもそも中に入るのか……」

「……あの、やっぱりダメ、ですか？」

頼むからそんな悲しそうな表情をしないでくれ。そんな顔をされたら男は、たとえ破滅が待っていようと歩みを止められないんだ。

ここまで来たんだ。いい加減、俺も覚悟を決めよう。大丈夫、俺の鋼の理性ならきっと耐えられるはずだ！

「お邪魔します」

「はい！　どうぞ」

外観に見合って中も綺麗で、しかも広い。間取り的には1LDK。一人暮らしには十分な広さだし、普通に俺の部屋より広いな。

「ここが……」

向日葵さんの、現役女子高生の部屋か。

予想していたよりも整頓されていて、なんというか……学生の部屋って感じが一切しない。そもそも外観からして予想外だったし。

やっぱり動画投稿者って儲かるのか……次の転職先……やばいな。一瞬だけど心が揺らぎかけたぞ。

「誰でも上手くやれるわけじゃないもんな」

「お待たせしました！　台所にどうぞ！」

「ああ」

彼女に案内されてキッチンに入る。わかっていたけどキッチンも広くて綺麗だし、整頓もしっかりされている。

すでにまな板とか包丁も用意されていて、さっき捕獲した大きいナマズがどさっと置かれていた。

「弱ってるけどまだ生きているので、このまま締めますね」

「締め方もわかるの？　というか捌けるんだね」

「はい！　師匠に教えてもらいました！」

彼女は解説を挟みながら、俺にナマズを捌く様子を見せてくれた。魚を捌くのはどれも難しそうに見える。

　今回捕獲したのはニホンナマズという在来種のナマズらしい。ナマズは他の魚より締めるのが難しくて、本来は泥抜きをしたりするそうだ。

「私はそこまでしません。ちょっと川の味がしますけど、火を通せば食べられますよ」

「川の味……知らない味だな」

「今日の川は比較的綺麗なほうなので、そんなに臭いも……あ、どうぞ」

「え？」

　ちょうど彼女はナマズの内臓を捌いているところだった。意味深にこちらに視線を向けている。俺は顔を近づけた。

「うえっ！　くっさ！」

「ですよね！」

「ちょっ、臭過ぎない？　大丈夫なのこれ？」

　下水道に顔を突っ込んだような臭いがする。食べ物の匂いではない。これからこれを食べるのか？

「大丈夫です。ここまで臭うのは内臓なので、身のほうはまだ平気です。あとは臭み消しをして、高温の油で揚げましょう」

「揚げるって、今回も天ぷら？」

「いえ、素揚げです。臭いのある魚とかは、変に衣とかをつけると臭さが充満して食べられませんから」

「な、なるほど?」

彼女は慣れた手つきでナマズを捌いていく。徐々に臭いが気にならなくなってきた。臭くなくなったのではなく、充満した臭いで鼻が馬鹿になったようだ。

「これがナマズの身ですよ」

「身は普通……というか綺麗だな」

「そうですね。ナマズはお店でも出されるので、ちゃんと食べられるんです。ただ、淡水魚は基本的に生で食べちゃダメです。いろんな寄生虫とかいますから」

「寄生虫……熱したら平気なの?」

「大抵はそうですね。一番は火を通すことです」

説明しながら調理を進める。俺は料理は苦手なので、今は撮影係を任されていた。調理の様子も撮影し、動画にするそうだ。

もっとも規制が厳しくなっているので、捌くところは映せないみたいだけど。

「油の用意もお願いできますか?　あと食器もお願いします」

「わかった」

カメラで撮影しながら他の作業をするのは、意外と大変で神経を使う。手の届く範囲ですむからギリギリなんとかなっていた。

「食器……これか」

食器棚に手をかける。中にあるお皿に手を伸ばして、違和感を覚える。

(食器の数、なんか多いな)

一人暮らしで必要な食器の数は大体わかる。彼女の食器棚は大きくて、空きスペースもないくらいお皿が入っている。

料理をする人はお皿も数が増えるのか？

そんなことない気がするけど……。

「よく友達とか呼んだりするの？」

「え？」

彼女は作業の手を止めて、俺のほうへと振り向く。思っていた反応と違い、彼女は意表を突かれたように驚いていた。

「どうして、ですか？」

「いや、なんとなく。そうなのかなって」

「……いえ、言ったじゃないですか。お兄さんが初めてですよって」

「ああ……」

そういえばそうだった。この部屋に他人を招いたのは俺が初めてだと。だったら、家族が顔を見にくるのだろうか。

年頃の娘の一人暮らしだ。普通なら心配するし、顔も見たくなるだろう。ただ、なぜだろうか。彼女がやっていることや、明らかに学生には見合わない部屋……。

彼女の両親は、どこまで彼女のことを把握して任せているのだろうか。おせっかいなのはわかっているけど、考えずにはいられない。

彼女は両親と、仲良くやれているのだろうか。


「完成しました！　ナマズの素揚げです！」

「おお～　見た目はあれだな。唐揚げっぽいな」

「ですね！　少し長めに揚げたので、お魚の揚げ物にしては色が茶色いですから」

お皿を並べ、テーブルへと移動する。本日のメニューはナマズの素揚げと、予め炊いておいた白米、それから帰り道で採取した名前もよくわからない雑草の炒め物。

「今さらだけどこれ大丈夫？」

「はい！　名前は知らないですけど、毒がないのは知ってます！」

「なるほど……」

考え方が逞しいな。本当に毒がない雑草なら全て食用にしてしまいそうな勢いだ。なんとも奇妙なメニューが眼前に並ぶ。

昔の俺なら、これを食べるのかと躊躇していたかもしれない。でも、昨日のことを思い出し、ワクワクが勝る。

テーブルが見えるようにカメラを配置して、俺たちは顔を合わせ、手を合わせる。

「それじゃ、いただきましょう！」

「ああ、いただきます」

さっそくナマズの素揚げを箸で持ち上げる。見た目は唐揚げっぽいけど、中身は川にいた変な顔の魚だ。果たして味は……臭いは？

期待と興味を胸に、一口パクリと食べてみる。

「あれ、意外と臭くない」

「でしょ？　素揚げだから臭いが外に出て行ったんですよ。今日の川は割と綺麗なほうでしたしね！」

「普通に食べれるな。なんの味だろう？　脂が乗ってないウナギに近い？」

「そうかもですね！　ウナギを素揚げにすることとないですけど」

「ウナギは蒲焼だもんな」

普通に食べられる味だった。ちょっぴり川の味がする気も……多少気になりはするけど、マヨネーズとか付けたらまったく気にならない。

「悪くないかもな、ナマズ。たぶん、取る過程もあったから余計に」

「そうですね。自分で探して、自分で取って、調理もして食べる。普段の料理とは違うので、その分食べた時の感動も格別です」

それだけじゃなくて、俺にとってはこうして、誰かと一緒に食卓を囲むことも久しぶりで、だからこそ余計に美味しく感じるのかもしれない。

あっという間に食べ進み、俺たちはほぼ同時に、ご馳走様の挨拶をした。

食器を洗い、片づけを済ませた後は、今日撮影した動画を彼女のパソコンを使って再生、確認することにした。

ノートパソコンをリビングで広げて、ソファーに並んで座る。

「結構ちゃんと取れてるな。動き回ってたのに」

「最近のカメラは中々高性能ですよ」

「時代に合わせた進化か。意外とそういう面でも知らなかったことが多いよ。また一つ、新しいことが知れた」

「ですね。新しいことを知るってワクワクします！　知りたいって思ったら、もう我慢なんてできないですよ！」

彼女の言う通りだ。知りたいという欲求が一度でも沸き上がったら、もう我慢なんてできない。特に知りたいことが、大切なことであるほどに。

「ずっと気になってたことがあるんだけど、聞いてもいいかな？」

「――いいですよ」

俺は真剣な表情で彼女に尋ねて、彼女も俺の顔から何かを察したように改まる。

「ご両親はどうしてるんだ？　一人暮らしなのはわかった。でも、こんな広くて綺麗な場所に一人で暮らしてるのは、ちょっと気になった」

それだけ稼いでいるんです。と言われたらその通りなのだろうけど、二日間一緒に過ごした彼女がそれを言うのは、ちょっと違和感があった。

何か理由があるんじゃないか。そもそも何の脈絡もなく、雑草探しをしたり、動画を始めたりはしない。

物事には必ず、きっかけというものが存在する。俺があの日、彼女と出会って道端から続く別世界を知ったように。

「嫌なら無理に答えなくていいよ」

「……いいえ、話しますよ。お兄さんも、自分の失敗のこと、話してくれましたから」

彼女は笑いながらそう答えた。いつもの明るい笑顔とは違う。あの時、一度だけ見せた悲しそうな笑顔に似ている。

「私の家族は、みんなバラバラに暮らしているんです」

「それは……」

「はい。私が生まれて間もない頃に、二人は離婚して、お父さんが家を出て行ってしまったそうです。それからお母さんが一人で私を育ててくれました。お母さんはとっても優しくて、真面目（まじめ）で、私は大好きでした」

離婚し、母子家庭になる。今の時代、珍しくもないことだった。いいことではないけれど、日常にありふれた悲しい出来事の一つ。けれど、彼女の場合はそれだけじゃ終わらなかったらしい。

「中学二年の終わり、春休みでした。お母さんが突然、いなくなってしまったんです」

何の前触れもなく、彼女の母親は突然いなくなった。リビングには少々のお金と一緒に、広告の端を破って、裏面に文字が書かれたメモが一つだけ。

「ごめんなさい。そう書いてありました」

「……」

中学生の彼女は必死になって母親を捜し回ったらしい。母親以外に頼れる相手もいなかった彼女は、たった一人で数日間、母親を捜し続けた。

「見つかりませんでした。どこにも、お母さんはいませんでした。あの時はパニックで、よく考えられなかったけど、今はわかります。お母さんはきっと疲れてしまったんだなって」

女手一つで子供を育てる。その大変さは若輩の俺には想像もできない。父親からの援助は特になく、彼女の母親は毎日働いていたそうだ。

それでも、笑顔を絶やさずに向日葵さんにも優しく接して、素敵な母親であり続けて……いつしか疲れ果て、張り詰めていた糸が切れたのだろうか。

「春休みの間、私はお母さんを捜しました。食事は、お母さんが残してくれたお金があったので平気でしたけど、これを使ったらお母さんとの繋(つな)がりがなくなる気がして、手が出せなかったんです」

「お金を使わなかったのか？　じゃあ……」

「はい。食べるものがなくて、私も疲れていて……道にあった雑草を初めて食べました。苦くて青臭くて、でも……幸い毒はなかったです」

それが彼女にとって初めての、雑草を食べるという体験。食べるものがなくなり、疲れ果てて……まるで、あの日の俺と一緒じゃないか。

「その後は？」

「春休みが終わった頃に先生が異変に気づいてくれて。警察に相談したり、離婚したお父さんに連絡をとってくれました」

その後、母親の捜索を開始したが見つかっておらず、現在も行方不明のままだという。

母親がいなくなったことで、親権は離婚した父親に移った。

「この家は、お父さんが借りてくれた家なんです」

「そうか。じゃあしばらく父親と？」

「いいえ、お父さんは一緒に住んでくれませんでした。でも、お金を用意してくれたので、なんとか生活はできたんです」

「そうか……」

離婚の原因がわからないから、どちらを責める気にもなれない。何より、彼女自身が未だに一度も、二人を悪く言っていないのに、俺が言うべきじゃない。

ただただ無性に、腹立たしくはあるけれど。

「それからしばらく学校も休んで、何もかも嫌になって……そんな時、ふと思ったんです。お母さんは頑張っていました。頑張り過ぎていました……だったら私が、一人でも生きられるって証明できたら、戻ってきてくれるかもって」

そうして彼女は、サバイバルチックな自給自足を始めた。図書館に足を運び、食べられる雑草を探したり、調理法を学んだりして。

自分一人で生活できることを示すために、父親が用意した生活費も最低限しか手を付けず、可能な限り自分でそろえた。

高校への進学も、なるべくお金がかからないように奨学金を借りたり、勉強していい成績で入学したりと、学費免除の制度を活用しているらしい。

「凄いな」

「えへへっ、こう見えて、勉強は得意なんです」

彼女は照れくさそうに、けれど嬉しそうに微笑んでくれた。きっと並々ならぬ努力があったに違いない。それでも彼女は笑顔を絶やさなかったのだろう。

「動画投稿も、お金になるってことも嬉しいですし、もしかしたらお母さんが見てくれるかもしれないって思ったから始めたんです」

「そうだったんだ。でも顔出しはしていないよね？」

「はい。学校や周りに知られると恥ずかしいですし、変な心配をかけるので。代わりに、動画の最後に必ず、お母さんが使っていたものとか、私だってわかるものを映すようにしているんです」

彼女の動画は、生活費を稼ぐための手段であると同時に、いなくなった母親に対するメッセージだった。自分は一人で生きていける。だからもう、頑張らなくていいから、戻ってきてほしいという。

「いつかお母さんに届くまで、私が頑張ろうって決めたんです。でも、それだけじゃないんですよ？　新しいことを知るのは楽しくて、ワクワクします！　いつの間にか、探検に夢中になっていたんです」

「わかるよ、その気持ちは。俺もたった二回の冒険が、頭から離れなくて、もう一度知りたいって思うから」

「はい！　だから私にとってこれは、お母さんへのメッセージで、生活するための手段で、楽しい趣味です！」

　趣味と実益を兼ねる。そういう理想は誰もが思い描くことだろうけど、簡単じゃないし、大体が現実的じゃない。

　彼女は厳しい境遇にも負けずに奮起し、自らの力で生き抜いて、日々の生活にワクワクを、楽しさを見出していた。

「本当に凄いよ、向日葵さんは」

「そんなことないですよ。私がやってることなんて、誰でもできることです」

「いいや、そうかもしれないけど、そうじゃない。誰にでもできることだけど、誰もやろうとしなかったことを、自分で見つけて、お金も稼いで、しっかり楽しんでいる。それは、誰にでもできることじゃない」

　俺は、自分が優れた人間で、その他大勢よりも特別だと思い込んでいた。優秀だから何でもできて、周囲からも頼られるのだと。でも、そんなことはないんだ。

俺にできることは、俺以外の誰かにだってできる。俺だからできることも、俺にしかできないことも……きっとない。

「この世界に、特別なことなんてないんだよ。あるのは行動を起こしたかどうか。君は自分で、自分の生きる道を切り開いた。俺みたいに、何となくできそうだから就職して、その意味も考えずに流れで生活していた奴とは違うよ」

「お兄さん……」

「向日葵さんは凄いよ。お母さんも、君を見つけたらきっと喜ぶ。自慢の娘だって思ってくれると、俺は思う。俺にできることがあれば手伝うよ。動画編集でも、荷物持ちでも」

少しでも彼女の笑顔が、彼女の頑張りが伝わるように。

「そんな！　わざわざ私のために……お兄さんがしてくれなくても」

「俺がそうしたいんだ。大切な秘密を教えてもらった。今の話を聞いて、何もせずにはいられないよ」

「お兄さん……優しいですね」

彼女は笑う。わずかに、瞳を潤ませながら。

「ありがとうございます！　お返しに私も、お兄さんがしてほしいことあったら頑張ります！　何かありませんか？」

「いいや、もう十分に貰ってるから大丈夫」

「え？　私、まだ特に何もしてませんけど……」

貰ったさ。今までの自分を振り返り、今の自分を見つめ直し、前に進むための勇気を彼女に貰った。

たった二日間の大冒険が、俺を一つ大人にしてくれた気がする。

「向日葵さんのおかげで、俺も頑張らなきゃって思えた。明日からまた、再就職のために頑張ってみるよ」

彼女の境遇に比べたら、俺の置かれている境遇なんて大したことはない。周りに助けられ、何事もなくこうして生きているんだから。

俺よりも若く、大変な日々を送りながらも前を向き、笑顔を忘れない彼女の生き方を知ったら、悩んでいる自分が馬鹿らしくなった。

それに、彼女のように、やりたいことを仕事にして、お金を稼ぐという発想は、俺にはなかったんだ。

やれそうだからとりあえず働く……そうじゃなくて、俺がやりたいことを探してみよう。せっかく自由なんだ。自分がやりたいことを探すのも悪くない。趣味も、日常も、仕事だって……気づかないだけで、新しい発見はあるはずだ。

ありふれた日常の中にさえ、未だに知らぬ楽しさが、幸せが隠れていたように。

「俺もいい加減、前に進むよ」

「頑張ってください！　私は、お兄さんの味方ですから！」

「ああ……心強いな」

雑草根性で行こうじゃないか。

この機会に、新しいことに挑戦してみるのも悪くないだろう。なに、失敗しても大丈夫だ。俺はもう、雑草が食べられることを教えてもらった。

第二章　自分らしさを探して

電車を待ちながらチャットアプリの画面を開く。すると、タイミングよくメッセージが受信された。

秀一郎：おはよう！

「あ、お兄さん起きたんだ」

彼女は独り言をつぶやき、アプリでメッセージを送信する。

向日葵：おはようございます！　早起きですね！
秀一郎：今日から転職活動に本腰入れるからね！　今日も夕方は集まる？
向日葵：そうですね。でも雨が降っていたら中止にしましょう。
秀一郎：了解！　勉強、頑張ってね。
向日葵：ありがとうございます！　お兄さんも転職活動頑張ってください！

電車が到着し、彼女も乗り込む。

朝、通勤ラッシュでいつも満員になっている電車に揺られ、彼女は学校へと向かう。同じ制服の学生がチラホラいる中で、彼女は窓際で外を見ていた。

「雨、降りそう」

彼女は学生である。都内にある進学校に通い、今月から二年生になったばかり。そろそろ進路のことを考え出したり、まだ早いと遊びまくったり。

おそらく高校生活で、一番自由に楽しめるのは二年生の時だろう。勉強に勤しむ者もいれば、毎日遊びまくる人もいる。

彼女も同じ、今宵も雑草を探す。二人で。

「えへへ」

ふいに思い出し笑いをしてしまった彼女に、満員電車でぎゅうぎゅう詰めにされた人たちが視線を向ける。

彼女は視線に気づいて恥ずかしくなり、下を向いて目を逸らした。それでも少し、笑ってしまう。

(お兄さん……頑張ってるかなぁ)

共に冒険し、共に食卓を囲むようになった唯一の……友人。

これまでも彼女は、共に冒険をする仲間や、食卓を囲む人はいた。しかし、彼らにはそれぞれ家庭があり、生活があり、常にとはいかない。

それ故に、あの出会いから始まった日々は、彼女にとって特別と言える。

電車が止まり、学校の最寄り駅に到着して下車する。ぞろぞろと会社員や、同じ制服の学生が降りる中で、彼女も流されるように外へと出る。

駅を出て徒歩五分ほど、彼女は自分が通う学校の校門にたどり着いた。

校門では教師が服装チェックをかねて、朝の挨拶をしていた。それを見た向日葵は、教師よりも先に元気な声で挨拶をする。

「先生！　おはようございます！」

「お！　おはよう高葉、今日はいつになく元気だな！　休みにいいことでもあったか？」

「はい！　ありました！」

「そうか。あーそうだ。あとで職員室に来てくれって。午後の授業で使う道具を運んでもらいたいんだ」

「わかりました！」

彼女は常に笑顔を崩さず、教師にお辞儀をして校舎へと入っていく。向日葵は成績優秀で、学校の制度によって学費を免除されている。

生活態度も極めて良好で、人当たりもよく、教師からの信頼も厚い。それから、男子生徒にも人気だった。

廊下を歩いていると、同学年の生徒が声をかけてくる。

「高葉さん、おはよー」

「おはよう！」

「あれ？　高葉さんどこ行くの？　教室そっちじゃないけど」

「先生に職員室に来てほしいって頼まれてるの。授業で使う道具を運んでほしいって」

「まーた高葉さんに頼んだのか。いくら高葉さんが断らないからって頼み過ぎでしょ」

「私は大丈夫だよ」

「よっしゃ、俺らも手伝うわ」

「本当？　ありがとう！」

手伝ってくれる男子に笑顔を向ける向日葵。彼女に笑顔を向けられると、年頃の男子たちは照れくさそうにニヤついた表情になる。

向日葵は男子生徒グループと一緒に職員室に向かい、担任の教師に事情を話して、授業で使う道具一式を教室に運ぶ。

明らかに一人で持てる量ではなかったが、頼んだ教員もこうなることを予測していた。

彼女に頼めばいつも、他のクラスメイトが協力してくる。

「みんなありがとう。助かったよ」

「いいっていいって！　困ったらいつでも言ってよ」

「うん！」

最後までニコニコしながら、向日葵は窓際の最後尾、自分の席へと向かっていく。その後ろ姿を、手伝った男子生徒たちは眺めていた。

「はぁ、やっぱ高葉さんいいな」

「だよな。可愛いし、明るいし、真面目だし、俺らにも優しいしな」

「……俺、いっそ告ろうかな」

「やめとけ、お前じゃ無理だから。サッカー部の先輩、けっこう女子にも人気な人が告白して、普通に断られてるんだぜ？」

「それ聞いたよ。去年一年だった時だけで十人以上が玉砕してるって話だろ？」

「らしいな。そういうのに興味ないのか……それとも……」

絶妙な静寂に包まれ、席に座った向日葵に視線を向ける。彼女はカバンを机の横に置くと、物思いにふけるように外を見つめた。

その横顔に、年頃男子たちは直感する。

「まさかすでに男が？」

「いや、高葉さんに限ってそれは違う。きっと違う！」

「でも断りまくってる理由なら当てはまるんじゃ？　どいつだ？　このクラスにいるのか？」

「だとしたら隠さないって。俺なら速攻で言いふらす」

「だよな。ってことはワンチャン、他校の生徒ってこともあるのか。くっそ羨ましい！」

「社会人って可能性もあるけどな」

夢見る男子生徒たちはこうして今日も妄想を膨らませていた。

このクラスに、否、この学校に彼女の秘密を知る人間は一人もいない。クラスの集まりにもあまり積極的ではない彼女は、プライベートが謎に包まれていた。

そういう謎も、彼らの妄想を膨らませる絶好の材料である。もっとも、当の本人はまったく気づいていないのだが。

「おっはよう！　高葉ちゃん」

「うん、おはよう」

「あのさあのさ、宿題あったじゃん？」

「こーら、高葉さんに見せてもらおうとしてるでしょ？　どうせバレるからやめておきなさいって」

「うぅ……」

「見せてもいいよ？」

「本当？　さっすが高葉ちゃん！」

「あんたの成績で全部写したら絶対にバレるわよ」

「わかってるって！　適当に穴を空けておく！」

彼女は男女問わず人気であり、信頼されている。人当たりのよい性格で、平等で、いつも笑顔を絶やさない。

ただし、ある特定の人物たちにとっては、その限りではなかった。

「今日も男子に囲まれて嬉しそうだったわね。高葉さん」

「――あ、井上さん、おはよう」

「何？　気安く挨拶なんかしちゃって。あたしたち別に、友達でもなんでもないけど？」

「……そう、だね。ごめんなさい」

井上マリナ。同じ学年でもカースト上位の女の子であり、男子からの人気も高い。向日葵とは違うタイプで、ギャルっぽさが少し香っている。

彼女はいつものお友達メンツを引き連れて、向日葵の席を取り囲む。

「宿題、あたしたちにも見せなさいよ」

「あ、うん、いいけど、さっきもう貸しちゃったから」

「へぇ、頼られてるじゃない？　さっすが、成績優秀でクラスでも大人気の高葉さんよね」

「そ、そんなことないよ？」

マリナを中心とする女子たちは、戸惑い笑う向日葵を見下ろして、ニヤニヤと笑みを浮かべている。

彼女たちは同じ学年の女子グループの一つであり、井上マリナを中心として、常に一緒にいることが多かった。

進学校ということもあり成績優秀で真面目な生徒たちが多い中で、彼女たちはどちらかと言えば不真面目な方である。

服装や髪形も遊んでいて、学校の規則を無視している。先生からの忠告も、聞いたふりをして無視し続けていた。

一部の陽キャ男子を除き、ほとんどの男子からは怖がられている。他の女子生徒たちからは、変に関わったり逆らうと、イジメの対象になってしまうからと、なるべく接点を持たないようにされていた。

ただ、向日葵はすでに接点を持ってしまっていた。彼女自身は忘れているが、一年生の夏に声を掛けられ、誘いを断ったことが原因で、彼女はイジメの対象になっている。

「男子にも女子にも媚(こび)売ってさ。そんなに人気者でいたいの？」

「そ、そんなつもりは別に……」

「天然ですって？　ふふっ、私は素で可愛いから仕方ないんですって言いたいの？　調子に乗ってんじゃないわよ」

「……」

向日葵は言い返さず、顔を伏せて机を見つめる。ここで何を言い返しても、火に油を注ぐだけだと理解していた。

それにもうすぐ、始業のチャイムが鳴る。

「……ふんっ、あとで宿題は見せなさいよ」

「う、うん」

始業のチャイムが鳴り、担任の教師が教室に顔を出すと、彼女を取り囲んでいたマリナたちも各々の席、クラスへ戻っていく。

向日葵が安堵のため息をこぼすと、近くの席の男子や女子たちが視線を向け、申し訳なさそうに声をかける。

「大丈夫だった？　高葉さん」

「あいつらよく来るよなぁ」

「ありがとう。私は平気だよ？　騒がしくしてごめんね」

向日葵は健気に笑う。その笑顔が余計に、彼らの罪悪感を増幅させる。彼らは皆、向日葵がイジメられていることに気づいている。

あからさまなのだから、気づかないほうが不自然である。しかし何もできないのは、もし庇えば自分がターゲットになると理解しているから。

まだ高校二年生は始まったばかりだ。半分以上ある高校生活を、楽しく安全に過ごすためにも、自分を守るためにも、彼らはイジメから目を背けるしかなかった。

そのことを、向日葵もなんとなく察している。それ故に、彼らを責めるつもりはない。いいや、むしろ自分が全て悪いのだと。イジメを受ける自分にこそ原因があって、周りに心配をかけていることが、申し訳ないとすら思っていた。

「はぁ……」

彼女は男女問わず人気である。学校では必ず誰かに話しかけられる。名前や顔も認知されている。

しかし、本当の意味で友人と呼べる人間は、この中に一人も存在しなかった。表面上での薄い付き合いだけであり、休日を共に過ごしたり、昼休みに一緒にご飯を食べたり、そういう相手はいなかった。

誰も、そんなことに気づいていない。彼女の明るい笑顔が、全てを惑わしてしまう。イジメられている点を除けば、高葉向日葵は幸福な人生を歩んでいると思い込んでいる。

誰一人として、彼女が抱える不安や悩みに、気づくことすらないのである。

この学校に、彼女が安らげる場所は存在しなかった。

「よし！　やるか」

俺は気合いを入れるように、自分の頬をぱちんと叩いた。早朝、職のない俺が起きるには早すぎる時間だ。

「午前中はネットで求人探して、午後からは近場で募集してるところがないか探してみるかな」

俺は転職活動に本腰を入れて取り組むことにした。もう四月も終わりに近づいて、貯金も減り続けている。

いい加減、新しい職場を見つけないと生活ができない。食に困ることはないかもしれないけど、お金がないと家賃や光熱費も払えない。

そうなったら、今住んでいるマンションを追い出されてしまうだろう。家賃や光熱費の滞納は、今後の人生にとって大きな汚点になる。

未来の自分が負債を抱えないように頑張るしかない。という、切羽詰まった理由だけが、俺を奮い立たせるわけじゃなかった。

「向日葵さん、今日は学校だよな」

俺はスマホの画面を眺める。この間やっと、お互いの連絡先を交換した。俺のスマホ画面のチャットアプリには、彼女の名前と向日葵の花のアイコンが映っている。

やりとりはまだほとんどしていない。友達登録したことの確認で、お互いによくわからないスタンプを送り合っただけだ。

「挨拶くらいは送ってもいいよな」

俺はチャットアプリに一言、おはようと送ると……。

「お！　すぐ返って来た」

それがなんだか嬉しくて、一言のつもりが二言目を打ち込んでいた。

「雨、ああ、そういえば予報的に今日は降るなぁ。ってことは、今日はなしだな」

少し残念ではあるけど、雨の中で草むらや川辺を探索するのは危険だし、濡れて風邪でも引いてしまったら大変だ。

天気予報を見ると、明日の夕方には晴れているみたいだし、明日にはまた夕方に集まって、一緒に夕食探しをしているだろう。

最後に彼女から、頑張ってください！、というメッセージが届いた。

「……ああ、頑張るよ」

生活するために働かなくてはいけない。そういう理由は大前提だけど、今の俺は、新しいことを始める楽しみと、ワクワク感で満ちていた。

やれることをやるだけじゃない。自分がやりたいことは何なのかを知るために、何よりも、彼女と一緒に、また冒険に出かけられるように。

俺はノートパソコンを開き、転職サイトにアクセスする。数日放置していただけで、メールが三十通くらい届いていた。

「うわ、この数は見られないなぁ」

見たところ、最初に登録した条件からいくつか候補をピックアップしてくれている。有り難いと思いつつも、俺はそれらを見ず、改めて検索をかける。

やれること、やるべきことではなく、自分がやりたいことを探す。今まで通りの自分じゃなくて、新しい自分を見つける。

職場探しも、一つでもいいから、これまでと違った分野に挑戦するのも悪くない。

改めて考える。俺が今、一番やりたいことはなんだろうか。

「……動画」

思いついたのは、向日葵さんの家で手伝った動画編集だった。大学時代のアルバイトで、動画編集をやっていたことがある。

ある程度はできるけど、素人に毛が生えた程度だ。そんな中途半端な技術でも、向日葵さんは助かりますと喜んでくれた。

「今やりたいことって、彼女の手伝いなんだな」

事情を知り、秘密を共有させてもらって、彼女が抱える問題の大きさを理解した。だからこそ、力になりたいと思うのは自然だろう。

本当にそれだけだろうか。

「動画関係の仕事、お、意外にあるな。経験者優遇……バイトも経験者に含まれるのか？」

ブツブツ言いながら、ネット検索をかけていくつかの求人を見つける。すでに募集を締め切っているところが大半で、中々いいところは見つからない。

とりあえず、何社かお気に入り登録だけして、お世話になった転職アドバイザーとも共有しておいた。

「昼か。別にお腹も空いてないんだよなぁ」

向日葵さんのおかげで、食費はかなり節約できている。今月を耐えるだけでギリギリだった資金で、五月の数日もなんとか耐えられそうだ。

そうはいっても、たかが数日の差でしかない。やはり今月中に新しい就職先は見つけたかった。

予定通り、午後は近場で働き口がないか探すことにしよう。外を見ると、まだ雨は降っていなかった。

「着替えるか。ん?」

スマホの着信音が鳴り響く。拾い上げて通話相手を確認すると、元同僚で同期だった光海の名前が表示されていた。

「あ、そういえば一度も連絡してなかったな……」

彼女が一番、俺の今後を案じてくれていたことを思い出す。退職してから三週間以上経過して、何の連絡もないから心配して電話をかけてくれたのだろうか。

彼女のことだから、電話で説教されることも覚悟しておいたほうがいい。久しぶりの電話で緊張しながら、通話ボタンを押す。

「もしもし、光海?」

「やっと出た! 櫻野君! 今から会社にこられる?」

「え? なんで?」

「あのミス、櫻野君の責任じゃなかったのよ! 悪いのは櫻野君じゃなくて、倉人君だったの!」

「え、倉人? いや、確かにあいつは俺の補佐役で参加してたけど」

今回のミスは俺の不注意が原因だ。俺がしっかりチェックしていれば、あんな馬鹿げたミスはしなかっただろう。

仮に、彼にも責任はあったとして、プロジェクトリーダーは俺だった。

「倉人は十分にやってくれていたよ。まとめる俺が不甲斐なかっただけだ」

「そうじゃないわ！」

彼女は電話越しで、初めて聞くほど大きな声を出す。耳がキーンとなりながら、彼女の次の言葉に耳を傾けた。

「あれは単なるミスじゃなかったの。全部彼が、倉人君が櫻野君を陥れるためにわざとやったことなのよ！」

「……え？」

その時の俺は、理解が追い付かなくて思考が止まってしまった。数秒、意味を考えて絶句し、スマホを持つ手を震わせる。

「……嘘だろ」

俺はスーツに着替えて、急いで前の職場に向かった。幸いにも移動中に雨は降らず、到着すると同時に、ポツポツと降り始めた。

たかが数週間訪れていなかっただけで、数年ぶりに訪れたような気分だ。それ以上に、耳にした事実を確かめたくて、俺は急ぎ足でかつての部署に向かった。

「失礼します！」

「櫻野君！」

部署内は俺が入った時点ですでにざわついていた。光海が俺に気づいて駆け寄り、お世話になった先輩たちも集まってくる。

「きてくれたか、櫻野」

「はい。御無沙汰しております」

「ごめんなさい。急に呼び出して、忙しかった？」

「いや、大丈夫だよ、光海。それよりさっきの話だけど……本当なのか？」

彼女は無言のまま、こくりと頷いた。先輩たちの様子からも、彼女の話が嘘ではないことが見て取れる。

肝心の倉人の姿が見つからず、俺はごくりと息を飲む。

「倉人は？」

「今、部長と話してるところ。櫻野君を待ってるわ」

「わかった。ありがとう」

「ごめんなさい。私……何も気づかなくて……まさか倉人君がそんなこと……」

「光海の責任じゃない。もしも責任があるとすれば……やっぱり俺だよ」

「櫻野君……」

俺は拳を力いっぱいに握り、覚悟を持って倉人がいる面談室へと足を運んだ。ドアをノックすると、中から部長の声が聞こえる。

「櫻野か？」

「はい」

「入ってくれ」

「はい。失礼します」

扉を開けると、部長と倉人が対面で座っていた。倉人は俺に一瞬だけ視線を合わせると、バツが悪そうに目を逸らす。

俺はテーブルを挟み、二人のちょうど間に当たる席に腰かける。

「すまなかったね、急に呼び出してしまって。予定とかはなかったか？」

「いえ、平気です」

「そうか。事情は光海から聞いているな？」

「……はい」

光海の話によれば、あのミスは俺ではなく、倉人が意図的にミスをするように仕組んだ結果だという。

俺は各社にメールを送る際に、必ず送信予定で一度は組み立てる。何度か確認して、ミスがないようにチェックできるように。

だけど問題となったミスのメールは、俺が予定していたよりも一日早く送信されていた。

期限的には問題なかったし、何度か内容のチェックも入れている。

送信予定の日時を間違えていただけだろうと思い、特に内容を改めて確認しなかったことで、俺はミスに気づくのが遅れてしまった。

自分が悪いと思っていたし、確認漏れから大きな損害を、会社にも多大な迷惑をかけてしまったと、あの時は絶望した。

でも……。

「本当、なんですか？」

「ああ。パソコンの操作履歴に残っている。君がいないはずの時間に、君の名前でログインして、操作していた。防犯カメラにも、彼が映っていたことを確認済みだ」

「……そう、ですか」

俺は視線を逸らし、俯いたままでいる倉人に視線を向ける。

「今、ちょうど事情を聞いていた。やったことは認めているが、動機についてはまだ聞いていない」

「……倉人、どうしてこんなことをしたんだ？」

俺は倉人に問いかける。倉人は答えず、俯いたままでいる。俺は思い返す。特段仲が良かったわけでもない。ただ、仲が悪かったわけでもない。

こんなことをするなら、理由は必ずあるはずだ。もしかしたら、俺は無自覚に彼を傷つけていたのかもしれない。

「理由があるんだろ？　教えてほしい。俺の何かが気に入らなかったんだろ？」

「……そうだよ」

ようやく、彼は小声で答え始める。

「気に入らなかった。でも……お前が何かしたわけじゃない」

「え？　じゃあどうして……」

「決まってるだろ？　ただの嫉妬だよ！」

彼は声を荒らげて、伏せていた顔を上げた。その表情は投げやりで、もうどうにでもなればいいと思っている顔だった。

倉人は卑屈さを表情に見せながら続ける。

「櫻野、お前は優秀だったよ。俺とは比べ物にならないくらいに。でも同期だからな。嫌でも比べられるのは俺なんだよ！」

「倉人……」

「お前は知らないだろ？　お前が褒められてる裏で、俺は馬鹿にされてたんだ。お前は優秀なのに、俺は全然ダメだなってな！」

「そんなことないだろ？　お前は自分の仕事をちゃんとやりきって」

「それ以上のことを！　お前は常にやってやがっただろうが！」

倉人は感情の赴くまま、さらに声を荒らげる。きっと面談室の外にも、彼の叫びは聞こえているだろう。

部長は腕を組み、厳しい表情で倉人を見ている。口に出さないのは、彼の本音が全てさらけ出されるのを待っている。あるいは、俺に委ねているのかもしれない。

「お前にわかるか？　常に比べられて、劣等感しか感じられない奴の気持ちが。お前はいいよな、優秀でさ！」

「……」

「あのプロジェクトだって、大した意味があって俺を補佐役にしたわけじゃないだろ？　けど周りはこう思うんだ。お情けでプロジェクトに入れてもらってよかったなって」

「そんなこと……言われてたのか？」

「ああ、知らなかっただろ」

　知らなかった。俺の聞こえない場所で、俺たちは比べられていたのか。

「お前は優秀だ。光海だって、人並み以上に仕事ができて、他の人たちからも頼られてる。俺だけが普通以下なんだよ。言われたことはやってるのに、俺は不出来扱いだ」

「倉人……」

　本当に、何も知らなかった。この一年、同期ということもあって、社内では特に一緒にいることが多かったのに。

　彼が心の内で何を思っていたのか。苦しんでいた理由も、気づかず、眼も向けずにいた。

「倉人、事情はわかった。お前が悩んでいたことも、だがそれでも、やっていいことではない」

「……」

　ずっと黙っていた部長が話し始め、代わりに倉人が口を閉じた。

「部長として、気づけなかった俺にも責任がある。処分は上と相談になるが、まず間違いなくこの部署にはいられないと思ったほうがいい。辞めるというなら止めはしない」

「……わかってます。辞めたって、どうせ他は拾ってくれない。櫻野と違って、俺は優秀じゃないので」

優秀……か。

俺は目を伏せ、この三週間余りのことを思い返す。きっと倉人も想像できない体験をいくつもしてきた。

自分なんか可愛く見えるほど大変な境遇でもめげず、ひた向きに頑張る彼女のことを知った。今ならわかる。

「……倉人、俺は優秀なんかじゃないよ」

「は？　何言ってるんだよ。こんな時に謙遜か？　嫌味にしか聞こえないぞ」

「いいや、謙遜でも嫌味でもない。ただ、そう思うようになった。ここを辞めてからさ？　再就職の面接に落ちまくってるんだよ」

「え……」

「未だに無職、特に次も決まってないんだ」

倉人は驚き、唖然として俺のことを見つめている。彼のイメージの中にいる俺なら、とっくに新しい就職先を決めて、次のスタートを遂げているのだろう。

残念ながら、今の俺は真逆にいると言っても過言ではない。

「俺も、自分はできるほうだと思ってたんだ。なんとかなる。俺なら、やろうと思えばなんでもやれる。自分にしかできないことがあるって……でも、そんなことなかった。俺にしかできないこと……そんなものは存在しない」

この世界に、特別なことなんて一つもない。人間が生み出した技術なら、同じ人間にできないことがないように、仕事だって同じだ。

医者も、スポーツ選手も、パイロットも……才能が優劣を早めに決めてしまうだけで、努力次第で獲得できる居場所だ。

同じ立場の人間が、同じ道を目指している人たちが大勢いる。自分一人だけが特別で、優れているわけじゃない。

「自分にしかやれない仕事だから、選ばれたのは自分が必要だから。そんな風に心の中では思っていた。全部ただの思い上がりだ。俺じゃなくてもできる。世の中にある仕事なんて、大抵はそんなことばかりだよ」

「……でも、選ばれたのはお前だろ」

「そうだな。でも結局それだって、言われたから取り組んだだけだ。それが会社で働くということだってわかっている。でも最近、本当に凄い人間っていうのがわかるようになった」

「……どんな人間なんだよ」

倉人は問いかけ、俺は思い浮かべる。彼女の笑顔を。思い出すだけで、俺も勇気が湧いてくるようだ。

「誰もやろうとしなかったこと、気づいてすらいなかったことに気づいて、取り組んで、楽しんでいる奴だ」

やるべきことではなく、自分がやりたいことを見つけ出し、生活の一部に組み込んで、さらに謳歌する。

言葉では簡単だけど、これがなかなか難しくて。現実と理想のギャップが立ちはだかる。

そんな中で、誰にも頼れないような状況に置かれながらも、自らの力で自分の居場所を作り出し、健気に、元気に生きている彼女を、俺は心から尊敬する。

俺も彼女のようになりたいと、憧れるほどに。

「倉人、お前がやったことは悪いことだし、相応の処分は免れない。俺も……お前のことを許すつもりはない」

「……」

「でも、恨むつもりもない」

「――！　俺のせいで、キャリアに傷がついたのにか？」

「そんなの今はもう気にしてないよ。この期間は、俺にとって必要なものだった。いろいろと自分を見つめ直す機会になった。それに……」

もしもこのニート期間がなかったら、俺は彼女と出会うこともなかっただろう。その分、変わらず仕事を続けていられたかもしれない。

たとえそうだとしても、俺は彼女と出会えてよかったと心から思う。あの出会いには、キャリアや給料よりも大切なものが籠っている。

「複雑ではあるけどさ？　感謝もしてるんだよ。俺に見つめ直すきっかけをくれて。だから前も、この機会に自分を見つめ直すといいよ」

「……」

「俺みたいな優秀ぶってるだけの奴のことなんて気にするな。少なくとも俺は、お前が劣っているとか思ったことないからな。お前はお前で、自分が本気でやりたいこととか、探してみるといい。俺もその真っ最中だ」

「……やっぱりお前は気に入らない」

倉人は拳を力いっぱいに握りしめ、悔しさとも、悲しさともとれる表情で俯く。

「そんな簡単に、前向きなアドバイスしてるんじゃねーよ……」

「同期だからな。お互い、学ぶことのほうが多いぞ」

「……わかってる。櫻野……」

「なんだ？」

「悪かった」

「言ったろ？　許す気はない。でも、恨んでもいない。お互いこれからが社会人の本番なんだ。止まっていられる時間は少ないぞ」

世の中、いろんな境遇の人間がいる。

自分よりも優れた環境で育った奴もいれば、劣悪な環境に耐えている人間もいる。恵まれている奴だけが成功するわけじゃない。

冷遇されていた人間だからこそ、今を変えようと努力して大成することだってある。今いる場所に、今の自分に満足していたら、いつか必ずそういう人間に追い抜かれる。

そうならないように、俺たちも歩み続けよう。

社会人二年目。人生の折り返し地点にすら、まだまだ遠い若輩者の俺たちは、未来に向かってがむしゃらに、期待を重ねていくしかないんだ。

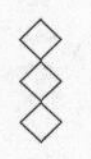

スマホのチャットアプリを開く。
秀一郎：前の職場に戻ることになった。
向日葵：本当ですか！　おめでとうございます！
秀一郎：ありがとう。新しいこと始めるとか言いながら、結局戻っただけだったよ。
向日葵：いいことじゃないですか！　お兄さんが必要とされている証拠です。
「そういうわけでもないだろうけど……」

秀一郎：ありがとう。応援のおかげで奇跡が起こったのかもな。
向日葵：お兄さんの頑張りのたまものです！　じゃあ今日はお祝いですね！

「お祝い？　また雑草探しに行くのか？」

俺は窓の外を見て、雨雲が晴れていく様子を確認した。今日はさっきまで大雨で、外に出たくないような状態だったけど……。

向日葵：大宮駅で集合しましょう！　改札の前で待ってますね！
秀一郎：わかった。

彼女の学校からの距離を考えると、大体六時くらいに行けばちょうど合流できるだろうか。今まで集合場所は、誰もいない田舎(いなか)道だったのに、今回は違うらしい。

俺は時間になるまで、明日からの出勤に備えて準備をして待った。家を出た時には、雨はすっかり止(や)んでいた。

最寄り駅から電車に乗って、大宮駅で降りる。埼玉でも特に人が多い駅だ。普段はあまり来ないから、ここにいるだけでも新鮮に感じる。

改札の前では、俺以外にも誰かを待っている人たちで溢(あふ)れていた。

「あ、待った？」

「ううん、今来たところだよ。行こうか」

「うん！」

隣でカップルが合流し、腕を組んで去っていった。他にも男女で楽しそうに話していたり、べたべたな恋人感丸出しのカップルもいる。

なんだかこっちまで緊張してくる。俺も今、女の子と待ち合わせをしていた。これじゃまるで、俺も彼らと同じで……。

「お兄さん！　お待たせしました！」

「向日葵さん、こんにちは！　もうこんばんは、ですね」

「こんにちは」

「そうだね」

俺は彼女の姿をじっと眺める。自分でも無意識に、彼女のことを見ていた。それに気づいた彼女が首を傾げる。

「どうかしましたか？」

「あ、いや、制服姿って初めて見るなって」

「ああ、そういえばそうですね！　いつも会う前に着替えちゃいますから」

西高の制服は、通勤途中に同じ制服の女子高生を見かけるから知っている。県内でも中々可愛いデザインで、女子生徒が多いのはそれが理由らしい。という話を誰かに聞いた。

確かに可愛い。改めて、彼女が女子高生であることを実感する。

「あの……変、ですか？」

「いやいや、むしろよく似合ってると思うよ。やっぱり女子高生は制服だね」

「お兄さん……制服が好きなんですか？」

「違う。そういうわけじゃないから！」

なんだか普段以上にテンションがおかしいことになっている。周りの雰囲気とも相まって、俺たちもそういう風に見られている気がしてならない。

相手は現役女子高生で、俺は社会人だ。一歩間違えば事案発生……せっかく決まった再就職も危うくなるかもしれない。

なるべく会社の人たちとは会いたくないな。

「今日はどうするの？」

「今日の探索はお休みです。雨は止んでるみたいだけど」

「すごい雨だったので、いつもの場所は川が増水して危ないんですよ」

「そうだったのか。じゃあこの後は？」

「言ったじゃないですか！　お祝いをしましょう！」

「あ、ちょっ！」

彼女は俺の手を握り、そのまま引っ張って歩き始める。

この感覚、初めて会った日のことを思い出す。今日は一体、どこへ連れ出してくれるのだろう。ワクワクしながら足を進める。

そして、たどり着いたのは駅から徒歩十分ほどのところにあるおしゃれなレストランだった。

「え、ここ？」

「はい！　学校でおすすめのお店を聞いてきました！」

「そうなんだ……」

意外というか、予想外というか。普通におしゃれな店に連れてこられるとは思っていなくて、いつも以上に緊張する。

店員に席へと案内された。周りを見ても、女の子同士の集まりだったり、男女のカップルが多い気がする。

ここはそういうお店なのだろう。余計に意識してしまう。対面には現役の女子高生が、笑顔で座っているという状況に……。

（これ……ほとんどデート……いや、女子高生と社会人ならパパか……違う！　そんなつもりは一切ない！）

今日も鋼の理性を総動員して、変な気が起きないように。

「なんでも頼んでください！　今日は私が払います！」

「え、いや、それは悪いよ」

「いいんです！　今日はお祝いですから！　それにほら、この間も動画編集手伝ってくれたじゃないですか！」

「それは、俺も向日葵さんには感謝しているから。やっぱり自分で出すよ。一応これでも社会人だからさ。高校生に奢られるっていうのは、なんか情けない」

「そうですか？　じゃあお互い、好きなもの食べましょう！」

「ああ、そうしよう」

と言っても、復帰するのは明日からで、今日までは絶賛ニート状態だけどね。所持金も多いわけじゃない。

メニューを開いてホッとした。外観とか中はおしゃれできれいだけど、値段はそこまで高くなかった。

「向日葵さんって、外食するの？」

「しませんよ、普段はまったくです」

「誰かと一緒にきたりも？」

「ないですよ。一緒にご飯を食べるのも、お兄さんが初めてです！」

「そっか……」

家に足を踏み入れたのも、こうしてご飯を一緒に食べるのも、俺が初めて……彼女の初めてを、俺が更新していく感覚には、密かに優越感を覚える。

「学校はどう？　動画やりながら勉強は大変じゃない？」

「そんなことないですよ。ちゃんと両立してます」

「真面目だね。学校は楽しい？」

「普通ですね。どっちかというと、外で探索しているほうが楽しいです。最近は特に、お兄さんも一緒ですから！」

「ははっ、そう言ってもらえると嬉しいよ。俺も楽しいから」

他愛ない談笑をしていると、お互いに頼んだ料理が運ばれてきた。特に示し合わせていないのに、なぜか一緒のメニューになった。

「向日葵さん、ハンバーグ好きなの？」

「どちらかと言えば？」

「なんで疑問形？」

「あまりこういう場所は来ないので、それっぽいのを頼んでみました。お兄さんは？」

「……まぁ、大体同じ理由」

実を言うと、俺もほとんど外食はしてこなかった。一人暮らしを始めてから、食事にそこまでこだわりがなくて、近くのコンビニやスーパーで適当に総菜を買っていた。

外食は高いから、会社の付き合いとかじゃない限りは基本的にいかない。会社の付き合いは居酒屋がメインで、逆にこういうレストランとは縁がない。

「横文字のメニューが多くて、何がいいかわからなかったから、とりあえずわかるものを頼んでみた」

「一緒ですね」

俺たちは同じ料理を眺めながら笑い合う。

「前から思ってましたけど、お兄さんと私って似てますよね」

「そうかもね。困った時に雑草を食べようとするあたりとか、たぶん他にいないよ」

「ですね！　だからあの日、見つけられたのかもしれません」

「ああ、だから俺も、無意識にあの場所に歩いていったのかも……」

なんて、お互いに話している途中で恥ずかしくなって、苦笑いをした。これじゃまるで、あの出会いを運命だと思いたい……みたいだ。

お互いに。

「た、食べましょうか」

「そうだね。いただきます」

俺たちは頼んだハンバーグを一緒に食べながら、明日はどこまで探索に行こうかとか、次の休みの予定を話した。

食べ終わった俺たちは店を出る。すっかり夜になり、会社帰りの人たちや、お客さんで賑(にぎ)わうお店の灯(あか)りが街を彩る。

「美味(おい)しかったですね」

「ああ、また来たいな」

「ですね！　今度は違うメニューにしましょう」

「そうだね。横文字も覚えないと」

「一緒に覚えましょう！」

次も一緒に食べにこよう……間接的に俺たちは、そんな約束を交わしていた。帰り道、俺たちは駅へと向かう。

最寄り駅が同じだから、向かう先も、乗る電車も同じだ。

「駅ってこっちでしたっけ？」

「たぶん？　俺、あんまりここの駅で降りないんだよ」

「私もなんですよ」

どうやらお互いに、この辺りの地理には詳しくなかったらしい。なんとなく賑わっている方へ進むと、いつの間にかよくないエリアに入り込んでいた。

不必要に明るくて、女の子が並ぶ看板があったり、見るからに派手なホテルがあったりと、大人のお店がある通りだ。

「こ、こっちで合ってますかね？」

「さ、さぁ？」

（気まずい！）

お互いにそう思っているだろう。徐々に会話が減っているし、不自然に一人分、距離が開いていた。だけど決してそれ以上は離れない。

たぶん彼女も怖いのだろう。こういう場所に来ることがないと、必要以上に緊張してしまうのは無理もない。当然、俺もまったく慣れていない。

こんな場所を、制服姿の女子高生を連れて歩いている時点で、もし警察にでも声をかけられたらなんて答えようか。

会社の同僚に見られたら、明日からどんな顔で出勤すればいいのだろうか。

嫌な想像ばかりが浮かび、いち早くこんなエリアから抜け出したい。何事もないようにと、神様にお願いする。

「あれ？　櫻野君？」

「——！」

どうやらこの世界に、神様なんていないらしい。

「み、光海？　なんでここに？」

「なんでって、この先に私の家があるからだけど？」

そういえば、大宮の駅近くに住んでいるって聞いたことがあったな。

「櫻野君こそどうしたの？　ここ最寄り駅じゃないよね？　しかもここ……え？」

「あ、あの、こんばんは」

光海がついに、俺の後ろに隠れていた向日葵の存在に気づいてしまった。案の定、絶句している。ここはそういうエリアである。

「櫻野君……そういうタイプの店に通ってたのね」

「違うから！　この子は店の子じゃないから！」

「え？　じゃあ何？　本物の女子高生ってことなの？」

しまった！

ここは大人のお店の人だって誤魔化すべきだったか？

いや、それはそれで明日からの会社で合わせる顔がなくなる。というかすでに、もう合わせる顔がない。俺が顔を合わせたくない。

「どういうこと？　なんで女子高生と一緒に、こんな場所歩いてるわけ？　まさか……そういうことしてるんじゃ」

「違う！　いかがわしいことは一切していない！　きわめて健全だから！」

「健全……？　まさか、その子と付き合ってるの？」

「いや、そういうわけでもないけど……」

「付き合ってもない子と、この時間にこんな場所歩いているわけ？」

「まぁ、そうなるかなぁ？」

俺は目を逸らそうとするが、光海の鋭い眼光を前に、目を逸らすことすら許されない。

なんだか悪戯が親にバレて説教されている気分だ。

こんな懐かしさを感じたくなかったよ。

「そこの君、名前は？」

「あ、はい。高葉向日葵です」

「高葉さんね。この変態とはどういう関係か聞いてもいい？」

「だ、誰が変態だよ」

「櫻野君は黙ってて」

「は、はい」

こういう時の光海に逆らっても無駄だ。普段は気遣いができてすごく優しいけど、怒るとビックリするほど怖いからな。

「関係……私とお兄さんって、どういう関係なんですかね」

「……それを私が聞いているんだけど？」

「す、すみません！」

「あの、光海。あまり彼女を怖がらせないであげてくれない？」

「誰のせいだと思ってるの？」

「あ、すみません」

光海は大きくため息をこぼし、今度は俺に視線を向ける。

「じゃあ櫻野君が答えて。どういう関係？」

「それは……」

今さらながらに思うけど、俺と彼女の関係をどう説明すればいいのだろうか。秘密のことを話すわけにはいかないし。

ただの知り合いというわけでもなければ、恋人同士という甘い関係でもない。しいて言うなら……。

「雑草仲間？」

「は？」

「ふふっ、そうですね。同じ雑草を食べた仲です」

「いや……意味が分からないんだけど」

困惑する光海には悪いけど、実際この関係を何と呼べばいいのか、俺たちにもわからなかった。

知り合いというのは違うし、ただの友人というのもしっくりこない。

「とにかく、光海が想像しているような関係じゃないよ。悪いこともしてない。今だって、ちょっと食事した帰り道。あまり使わない駅だから方向がわからなくて迷っただけだよ」

「最寄り駅も一緒なんです。私もこの駅では普段降りないので」

「……駅ならあっち、反対側よ」

光海は呆れたようにため息をこぼし、俺たちに正しい駅の方角を教えてくれた。

「私はこの後予定があるからもう行くけど、明日！　会社で聞かせてもらうわよ」

「は、はい……」

「道を教えてくださってありがとうございます！　えっと……」

「光海よ。光海奈菜。櫻野君と同じ会社の同期なの」

「光海さん！　ありがとうございました！」

向日葵はいつものように笑顔で、お礼の言葉を口にしてお辞儀をした。光海も感じたはずだ。彼女の真面目さや、明るさを。

光海は最後にもう一度ため息をこぼし、呆れた表情で俺たちに背を向けて去っていく。

「俺たちも行こうか」

「はい！」

見つかったのが光海でよかった。他の会社の先輩とかなら、きっとあらぬ噂（うわさ）を流されていたに違いない。

俺たちの関係は、一言で片づけられるほどシンプルじゃないと思う。でも、もしもこの関係に名前をつけるなら……何が一番近いのだろう。


この時の俺たちは気づいていなかった。

考えてもいなかった。

周りからどう見られてしまうのか。関係の名前は自分たちで決めるものではなく、周りが勝手に決めてしまえることだということに。

第三章　関係に名を付けるなら

噂は一度広まり始めると、簡単に止めることができない。厄介なのは、噂が広まるきっかけを見つけられないことだ。

後になって、あれが原因だったと気づいた頃には、もう手遅れなほどに広まっている。

そして、噂には尾ひれがつきものである。

「ねぇ聞いた？　高葉さんって実は……」

「ビックリだよねぇ。そういうの興味なさそうなのに」

「学校では真面目だけど、外じゃ悪い子なのか。悪くないな」

「いや、でもあれだろ？　つまりそういうことしまくってるってことじゃん。正直かなり幻滅したわ」

向日葵が自分のクラスに足を運ぶと、噂はすでに広まってしまっていた。彼女は自分に向けられた疑いの視線に気づく。

「みんなどうしたの？」

尋ねても、誰も答えてはくれなかった。眼も合わせず、普段からよくしゃべりかけてくれる男子たちも、今は距離を置いてひそひそ話をしている。

向日葵はなぜか胸がちくりと痛くなる。何か気に障ることをしてしまったのだろうかと。

不安になりながら、一番近くにいた男子生徒に声をかけようとしたところで、井上マリナが間に立つ。

「井上さん……？」

「おはよう。昨日はお楽しみだったみたいね。真面目なふりして淫乱な高葉さん」

「——！　何のこと？」

「惚けるの？　ちゃーんと証拠はあるのよ」

「……！　これ……」

マリナは向日葵に自分のスマホの画面を見せつける。そこには大宮の中でも大人のお店が並ぶエリアを歩く、自分と秀一郎の姿が写されていた。

「あたし見ちゃったんだよね〜。あんたが大人の男と一緒に、こんないかがわしいお店の周りを歩いているの」

「あれは、駅に戻ろうとして道に迷っただけで」

「下手な言い訳よね」

「これだけハッキリ見せつけてんのに無理でしょ？　パパ活してたんでしょ？」

「ち、違う！　私はそんなこと！」

強く、大きな声で否定する向日葵だったが、その極端な否定がかえって、この話題に信ぴょう性を与えてしまっていた。

　マリナや取り巻きの女子たちはニヤニヤと笑みを浮かべる。

「これだけ証拠があって誤魔化しても無駄でしょ。そんなに真面目なふりがしたいの？　それとも、先生たちもそうやって懐柔したんじゃない？」

「あ、それありえるぅ。体育の松本（まつもと）なんて、見る眼がちょっといやらしかったもんねぇ」

「見かけによらず大胆なことするわね」

「違う。私はそんなこと、昨日だって変なことはしていないよ？　お兄さんのお祝いをしたかっただけで……」

「お祝いって何？　妊娠でもしちゃったわけ？」

「――違う！　私とお兄さんは！」

　否定し、自分たちの関係を伝えようとして、向日葵は言葉を止める。彼女の脳内では、自分たちの関係を表す言葉が見つからなかった。

　知り合いというほど薄くはなく、ただの友人と呼べるような関係性でもない。動画投稿者であることを隠している時点で、それを前提とした説明はできない。

　仮に、一緒に冒険する仲間であることを除いたとしたら、自分たちの関係にはどんな名前がつくのか、彼女はまったく想像できなかった。

　この沈黙が、周囲の人間の妄想を加速させてしまう。

「やっぱりそういうことしてたのかな」

「真面目そうなのは学校の中だけだったってこと？」

女子たちのひそひそ話が右耳に。

「うわぁ、パパ活相手が羨ましい」

「いくら払ったらいいだろうな」

「絶対に万だぜ。俺、バイトでもしようかな」

「お前、どんだけヤりてーんだよ」

男子たちの卑猥な談笑が左耳に聞こえる中で、向日葵の思考はごちゃついて、焦りや不安から上手く頭が回らなくなっていた。

戸惑う彼女の様子が、余計にマリナたちの優越感を増幅させ、ニヤついた笑みで向日葵のことを見下す。

そこへ始業のベルよりも早く、担任教師が教室にやってきた。

「高葉、ちょっと今から職員室に来てくれるか？」

「……は、はい」

「今日のホームルームはなしだ。一限の授業の準備をしておくように」

「はーい」

マリナはニヤッと笑みを浮かべる。彼女たちが担任教師に画像を見せ、向日葵のことを伝えたのは明白だった。

向日葵は担任に連れられて教室を出て行く。自分がいなくなった教室で、どれほどの悪口や憶測が飛び交うのか、向日葵の心は怯えていた。

また、一人になってしまうことに。

「写真を見せてもらった。あれはどういうことなんだ?」

「……変なことはしていません。昨日はただ、駅に向かおうとして道に迷って、あまり使わない道だったので」

「……それが本当だとして、隣の男性は? お前、確か兄妹はいなかったな」

「はい。一人です」

「一人暮らしで、住んでる場所も大宮じゃなかったはずだが」

「……はい。あの日は、大宮でちょっと予定があって」

「この男性とか?」

「はい」

向日葵はいつになく自信なげに、俯きながら返事をする。いつも優しい担任教師が、この日ばかりは険しい表情をしていた。

「お前は成績も優秀だ。学校での態度もいい。だから、お前がそういうことをしているとは思わない」

「先生……」

「ただ、こうして写真まで撮られて、憶測が飛び交ってしまった。私としても、事実は確かめないといけない。この男性とはどういう関係か、説明してくれるか？」

「……それは……」

向日葵は返答に困ってしまった。どういう関係か、簡潔に表す言葉は、彼女自身も見つけられていない。

数秒の沈黙を挟み、担任教師はため息をこぼして尋ねる。

「言えないような関係なのか？」

「そ、そんなことはありません。私とお兄さんは……友人、です」

一番近く、それっぽい関係性の言葉を上げる。向日葵自身、その言葉にしっくり来ているわけではなかった。

「見たところ高校生ではないようだが？　大学生……いや、社会人か？」

「はい。社会人です」

「そうか……最後にもう一度聞くが、本当に変なことはしていないんだな？」

「はい！　絶対にしていません！　お兄さんも、そんなことをする人じゃありません」

それだけはハッキリと、強く主張する向日葵。自分のことよりも、秀一郎に迷惑がかかることを恐れていた。

担任教師も彼女の本気の訴えに頷き、小さくため息をこぼしつつ答える。

「わかった。私は信用しよう」

「ありがとうございます」

「だが、噂は広まってしまった。これからしばらく、周りからいろいろ言われることは覚悟しておいたほうがいい」

「……はい」

「過度なイジメに発展するようなら、すぐに私たちに相談しなさい。どんな理由があれ、イジメを容認することはない。その時は力になろう」

「……はい。ありがとうございます」

イジメならとっくに起きている。この噂が広まる前から、教員たちが、大人たちが気づいていないだけで……。

この噂の元凶も、イジメの一環でしかないのだから。だが、向日葵は諦めたように笑顔を見せた。これ以上、誰にも迷惑をかけないようにと。

「……ごめんなさい、お兄さん」

彼女は職員室からの帰り道、とぼとぼと歩きながら、スマホ画面を眺める。チャットアプリに表示された秀一郎の名前をタップした。

秀一郎は今頃、元の職場に戻って働いている。せっかく再就職が決まったのに、もしも自分のせいで迷惑をかけてしまったら……。

そう思い、不安になり、怖くなって……次に会うことすら、いけないことだと思ってしまう。

「……もう、会わないほうが……いいのかな」

秀一郎の人生を、自分のせいで乱してはいけない。自分が一緒にいると、近くにいた人は不幸になってしまう。

母親がそうであったように。良好な関係が壊れてしまう前に、いっそ自分から終わらせたほうがいいかもしれない。

諦めに近い感情を抱きながら、向日葵は秀一郎に、最後のメッセージを送信する。

「久しぶり……って感じでもないか」

俺は今、会社の前に立っている。一年間働き、数週間のニート期間を経て、再びこの場所に戻って来た。

理由は今さら考える必要もなく、うだうだと落ち込んだり、悩んだりするつもりもない。

ただ少しだけ、緊張していた。

「……よし！」

俺は気合いを入れなおし、会社の自動ドアを潜る。来客としてではなく、社員としてビルの中を歩き、自分の部署に踏み入った。

「おはようございます！」

「おう、櫻野か」

「よく戻ってきてくれたな」

「はい！」

先輩たちがぞろぞろと集まり、声をかけてくれる。元々優しい人たちばかりだし、辞める時も慰め、止めてくれた人が多かった。

また、この職場で働けることを嬉しく思うと同時に、迷惑をかけてしまって申し訳なかった気持ちもある。

とにかく今は、遅れを取り戻すためにも精一杯働こう。働いて、お金を稼いで、自分のやりたいことを探せるように。

「お帰りなさい。櫻野君」

「光海、いろいろ気遣ってくれてありがとう」

「いいのよ。それより、昨日のことを詳しく教えてもらえる？」

「あ、えっと……」

「教えてくれるわよねぇ？」

光海は苛立った笑顔で俺に詰め寄る。俺が緊張していた最大の理由は、久しぶりの仕事だからではなくて、この話を聞かれることを予想していたからだった。

申し訳ないが、俺たちの関係を簡潔に伝える言葉は、未だに思いついていない。俺は逃げるように自分の席へ向かう。

「ちょっと！　ちゃんと答えなさいよ」

「……いや、難しいんだって」

「何が？　質問はシンプルでしょ？　あの子はどこの誰？　どういう関係？」

それを答えるのが難しいんだって。

「答えられない？　まさか、やっぱりいかがわしいことして……」

「ない！　それはない！　相手は高校生だぞ？　俺がそんなことするわけないだろ」

「どうだか。櫻野君、真面目そうに見えて案外そういうことには積極的だったり」

「しない。彼女とはそういう関係じゃない」

「じゃあなんなの？」

「……友達、かな？」

「なんで疑問形なのよ……」

それは、俺自身が友人という関係がしっくり来ていないからだ。俺たちの関係には、彼女が秘密にしている過去や現在が絡んでいる。

光海は口が堅いし、無暗に彼女のことを言いふらしたりもしていない。今も、先輩たちには聞こえないように俺たちだけで話している。

彼女のことは信用している。だけど、それ以上に、向日葵が抱える苦悩や問題のほうが、ずっとデリケートで大切だった。

「ごめん。事情があって、今は上手く説明できないんだ」

「……」

「ただ、変なことはしていないよ。それは誓って言える」

「……はぁ、もういいわ。話せるようになったら話してよね？」

「ああ、そうする」

強引だけど、本気で嫌がっていることに首を突っ込んだりしない。そういうところも光海のいいところだと俺は思っている。

スマホの通知音が鳴る。会社ではマナーモードにしていたつもりだったけど、久しぶりの出社で忘れていたらしい。

スマホの画面には、向日葵の名前が表示されていた。

「あ」

「ひょっとして例の女子高生？　逢い引きのお誘いじゃ……」

「違うって。えっと……え？」

俺は中身を見て、思考が一時的に停止した。

「どうかしたの？」

「……」

スマホのチャットアプリには簡潔に一言だけ。

向日葵：ごめんなさい。もう私とは、会わないほうがいいと思います。

お別れを告げる言葉が表示されていた。

「なぁおい、櫻野の奴、なんか落ち込んでないか？」

「まさか、まだあのミスのこと引きずってるとか？　いやでも、あれはあいつの責任じゃないって話だろ」

「ああ、でも……」

「……はぁ」

「どう見ても落ち込んでるよな。なんかあったのか？」

「さぁな」

先輩たちの視線や、心配してくれる声は聞こえていた。けど、そんなことはどうでもいいくらい、俺は落ち込んでいた。

というより、理由が知りたい気持ちでいっぱいだった。

向日葵から来たメッセージに返信したけど、既読すらつかずに返事もない。すでに仕事を始めて七時間、定時まで残り二時間となった。

とりあえず仕事はちゃんとこなしている。数週間のブランクも、そこまで感じることなく取り組めていた。

ただただ、気持ちだけがこの場所にいないだけだ。

「櫻野君」

「……」

「櫻野君！」

「……」

「秀一郎！」

「は、はい！」

突然横で名前を呼ばれて、思わず立ち上がった。

周囲の視線が向けられる中、隣で光海が大きくため息をこぼす。

「櫻野君、あの子のことで頭がいっぱいみたいね」

「いや、それは……まぁ……」

「もう、なんて来たの？」

「……」

「いいから見せて。それ以外は見ないから」

光海が心配してくれているのが伝わって、俺はあのメッセージだけ見せることにした。

「よかったんじゃない？」

「え？」

「だって相手は高校生でしょ？　それでこっちは社会人。もしも何かあった時、問題になるのは櫻野君よ？」

「それは……」

「あの子も気づいたんじゃないの？」

「……」

そうかもしれない。元々、俺たちの関係に明確な名前なんてなかった。偶然出会って、流れるように一緒に冒険をして、似た者同士だと笑い合ったりしただけで。

俺と彼女には、いろいろと差がある。年齢も、立場も、置かれている環境も、何もかもが違って、その癖出会って間もない。

俺たちは互いに、知らないことのほうが多すぎる。

彼女はまだ高校生で、いろいろと家庭の問題はあるけど、未来は開かれている。彼女の幸せを考えたら、確かに……俺みたいな奴と関わらないほうがいい。

少なくとも高校生のうちに、一応大人である俺と関わっていることが知られたら、学校で噂になって、イジメを受けるかもしれない。

俺のせいで、彼女が傷ついてしまうのは嫌だった。

わかっている。いつか、こういう終わり方をする気はしていたから。

それでも……。

「お別れくらいは、ちゃんと話してしたかったたな」

「……はぁ。すみません！　櫻野君、やっぱり体調が悪いみたいなので、早退します」

「え？　光海？」

「ああ、やっぱりそうか。いきなり通常業務は大変だったろ。無理せずに今日は休め」

「あの……」

光海が俺の代わりに早退の報告をして、先輩たちも特に詰め寄ったり、責めることなく心配してくれていた。

俺だけが困惑して、光海に目で訴える。

「どこにいるかくらいわかるでしょ？」

「光海……」

「そんな顔で仕事されると、こっちまで憂鬱になるわ。ちゃんと会って、話したいことは話してきなさい」

「——ああ、ありがとう！」

俺は立ち上がり、先輩たちに頭を下げて、大きな声で失礼しますと叫んだ。そのまま荷物を片付けて、部署を走り去る。

「お、おお……あいつ本当に体調悪いのか？」

「さぁ……まぁでも、元気なほうがいいだろ」

「確かに」

「……はぁ、私、何やってるんだろ」

俺は走った。知り合いが驚いていたり、声をかけられそうになってもお構いなしに。学校の場所は知っている。彼女の家も。

今から向かえば、ちょうど下校時間には間に合うかもしれない。どうして突然、あんなメッセージを送ったのか。

学校で何かあったのかもしれない。それとも単に、俺と一緒にいるのが嫌になっただけなのかも。いろいろな思考が頭をよぎる。

けれど、結局、俺の身体(からだ)を動かしているのはたった一つの想(おも)い。

彼女に会いたい。会って話がしたい。それだけだった。

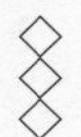

学校での噂は止まるところを知らない。クラス内だけに収まらず、学年全体、そして他学年にも広まっていた。

「あの子が例のパパ活女子？　そうは見えないけど」

「真面目そうに見えて案外遊んでんじゃない？」

「なるほどな～。人は見かけによらないって言うし」

「なぁ、本当にいいのか？」

「はい先輩。高葉さんならきっと楽しんでくれますよ」

「そうだな」

男子たちのいやらしい視線に、向日葵は気づかずに下駄箱で靴を履き替えている。その中に、元凶であるクラスメイトの姿があることも……。

スマホの画面を見ると、秀一郎からのメッセージがあった。

朝や昼の時点でとっくに気づいている。気づいていながら、開けなかった。もしも開いてしまえば、答えてしまうと思ったから。

「……ごめんなさい」

ぼそりと謝罪の言葉が漏れる。自分のせいで、秀一郎が不幸になってしまったら……もしもこの噂が、会社まで届いたら。

そんな不安で胸がいっぱいになり、今にも泣きだしそうになっている。けれど、彼女は涙を流さない。

母親がいなくなってしまった日にたくさん泣いて、もう二度と泣かないと誓っていた。涙を流すことは、弱さを見せることでもある。弱い自分をもしも母親が見たら、きっと戻ってきてはくれないから。

強くたくましく、一人でも生きていけることを証明するために、彼女は涙を封印していた。それでも、涙は胸の奥で溜まり続けている。

涙のダムはもう限界に近くて、何かをきっかけに決壊してしまいそうだった。

帰り道、彼女は空を見上げる。

「雨……」

予報では午後から雨が降ると言われていた。傘は持ってきていた彼女だったが、ぼーっとしていたこともあり、学校に置いてきてしまった。

雨は徐々に強くなっていく。普段なら走って、急いで駅まで向かっていただろう。今日に限っては、普段の半分くらいの歩速しか出ていない。

（……雨だから、中止の連絡……ああ……）

「そっか。もう必要ないんだ」

秀一郎に連絡しなければ、と一瞬だけ思ってスマホを見た彼女だったけど、会わないほうがいいと告げた今、その必要はなくなった。

そう、もう二度と、秀一郎とは会うことがない。そう思った途端、彼女の中にある涙のダムが揺れ始める。

今までにないほどに、孤独を感じていた。

母親がいなくなった彼女は、一人で生きていくことを決意した。誰にも頼らず、自分だけの力で生き抜くと。

それ故に、高校に入ってからは学費も免除されるように学業を頑張り、父親が用意した高いマンションの家賃も、彼女自身が支払っている。

辛（つら）い時、苦しい時に誰かが助けてくれると思ってはいけない。そんな弱い自分のままでは、母親は戻ってこない。

何より、一人で子供を育ててくれた優しい母親のほうが、今の自分よりもずっと苦しくて辛かったはずだ。

だから……。

「大丈夫」

彼女は自分に言い聞かせる。何も特別なことなんてないのだと。

今まで通りに戻っただけだ。元より、秀一郎との出会いは偶然で、住む世界も全く異なっていた。

秀一郎は社会人で、向日葵は女子高生。本来ならば、関わることすらなかった相手。世間的にも、あまりいい風には見られない立場の関係。

この選択が、秀一郎にとっても幸福につながると、彼女は信じていた。そう、考えているのは秀一郎の未来で、そこに自分はいない。

向日葵はいつだって、他人の目を気にして生きてきた。

「雨降ってるよ？　そんなんじゃ濡れちゃうじゃん」

「あ……すみません」

とぼとぼと歩いていると、見知らぬ男子生徒が傘を向日葵にさしかけた。優しく微笑む男子生徒の周りには、友人らしき生徒たちがいる。

「大丈夫です。もうすぐ駅なので」

「君、あれでしょ？　パパ活してるんでしょ？」

「――！」

向日葵はようやく気づく。彼らが親切心から近寄ったのではないことを。その眼は自分を、いやらしく見ているということを。

「ち、違います。私はそんなこと……」

「噂になってるよ？　写真も回ってるし、隠せないでしょ」

「あれは！　そういうんじゃ……」

「お金困ってるの？　だったら俺らが払うからさ、ちょっと一緒に遊ぼうよ」

傘をさしかけていた男が、向日葵の手を摑む。その手に彼女はゾッとする。何度も握った秀一郎の手とは違う。

下心ばかりが伝わって、寒気がした。

「は、離してください！」

「っ、痛ぇな」

「……っ！」

向日葵は咄嗟に逃げ出した。恐怖を感じ、逃げる以外になかった。ぱちゃぱちゃと足音が、後ろに続いている。

「はぁ、はぁ、っ……」

まっすぐに駅へ向かう道は、立ち位置的に彼らが邪魔をして進めなかった。急いで学校に戻ろうとするが、その道も阻まれてしまう。

とにかく必死に逃げていくうちに、彼女は暗い路地へと踏み入っていた。

「逃げんじゃねーよ！」

「っ！　や、やめてください！」

「とかいいながら、おっさん相手にはいい声出してるんだろ？　俺らにも見せてくれよ。淫乱だなぁ」

「違う！　私は……お兄さんはそんなこと！」

両手を押さえられ、そのまま口も塞がれてしまう。路地には他人の眼はなく、声をあげたとしても、雨の音でかき消されるだろう。

もう泣かないという誓いを立て、ずっと守ってきた。その誓いが今、破られようとしている。男たちに身体を押さえられ、好き勝手にされてしまう。

そんな状況に陥っても、誰かを頼ってはいけないと、彼女は思っていた。全ては自分の蒔いた種なのだと。

助けてほしいと叫んだところで、誰も助けてはくれないのだから。

それでも、意味がないと思いながらも、彼女は心の中で叫んだ。

(助けて……お兄さん)

「そんじゃ、楽しく遊ぼうぜぇ」

「――お前ら！　そこで何してる！」

「「――!?」」

怒声が響く。

男子生徒たちはピタリと手を止め、涙をこらえて目を瞑っていた向日葵も、驚きながら視線を向けた。

そこに立っていたのは、スーツ姿で雨に濡れながら、鬼のように怒る一人の男の姿だった。彼女だけが、その男のことを知っている。

「お兄さん……？」

「向日葵から離れろ。今すぐにだ」

「な、なんだよお前」

高校生と社会人、年齢的な差はあっても五歳程度でしかない。体格的に大きな差があるわけでもなかった。

しかし、彼らは怯えていた。生まれて初めて、大人の男が本気で怒っている姿を見て。本気の苛立ちは、殺意にも達しようとしていた。

雨に濡れた髪が垂れ、血走った瞳で男子生徒を睨んでいる。

「いいから離れろと言ったんだ。二度も言わせるなよクソガキども。もう一度言わせる気なら、二度とその口、開かないようにしてやろうか？」

「っ――に、逃げるぞ」

「あ、おい！」

本気で怒る秀一郎の迫力に負けて、男子生徒たちは逃げ出した。不良ぶっていても、所詮は進学校の中途半端なグレ方しかしていなかった。

解放された向日葵の下に、秀一郎は急いで駆け出す。

「向日葵！　大丈夫か？」

「お兄さん……」

「怪我は？　立てるか？」

「う……う、お兄さん！」

向日葵は秀一郎の胸の中に飛び込んだ。我慢していた涙は、雨と一緒に瞳から流れる。ダムはとっくに決壊していた。

秀一郎の顔を見た途端、水かさは一気に増して、もはやダムとは呼ばないほどに激しく流れ始めていた。

秀一郎は涙を流す向日葵を抱きしめる。

「怖かったな。もう大丈夫だから」

「う、うぅ……」

この日、向日葵は母親が失踪してから初めて、他人に弱さを見せた。

俺は彼女を自宅まで連れて帰った。さすがにびしょ濡れで電車は使えないから、タクシーを呼ぶことにした。

申し訳ない気持ちもあったけど、なるべく早く彼女を家に届けたかった。彼女を届けた後、俺は一度自分の家に戻り、着替えて戻ってきた。

その頃には彼女も落ち着いていて、着替えもすませてようやく話ができるようになった。

「どうして、来てくれたんですか？」

「……最初は、お別れをするにしても、ちゃんと話がしたいと思ったからだよ」

「……ごめんなさい。私……お兄さんに……」

「いいよ。学校でいろいろあったんだろ？」

「……はい」

彼女から事情を聞いた。

俺と一緒にいたところをクラスメイトに見られ、撮影されていたこと。そのクラスメイトからはイジメを受けていたことも。

パパ活をしている噂を流されて、勘違いした男子生徒たちが彼女に詰め寄り、さっきみたいな状況に陥っていたらしい。

本当に間に合ってよかったと、心から思う。送り出してくれた光海には、改めて感謝を伝えておこう。

「ごめんなさい。私のせいで、お兄さんにまた迷惑をかけて……」

「迷惑だなんて思ってないよ。むしろ、俺のほうが君に迷惑をかけたんだ。本当にごめん」

「違います！　私が、お兄さんを連れ回したから……」

「いいや、俺の考えが甘かったんだ。もっと気をつけるべきだった」

彼女が悪いわけではない。そもそも、俺たちは何一つ、悪いことなんてしていない。周りが勝手に盛り上がっただけだ。

ただ、周りが悪いとも言えない。勘違いしてしまうことは誰にだってある。とはいえ……今回のは少々悪質だ。

「イジメはいつから？」

「たぶん、一年生の頃からです」

「ずっと耐えてたのか？　誰かに相談したりは？」

彼女は首を横に振る。俺はどうして、と尋ねた。

「私のせいで、巻き込んだら……迷惑をかけてしまうので……」

「それで……」

なんとなく理解する。彼女は、他人を尊重しすぎている。というより、他人の目を気にしすぎているんだ。

きっとその考え方の根底にあるのは、失踪した母親の存在なのだろう。気持ちについてはわかったけど……。

「我慢しすぎだ。もっと早くに相談するべきだったな」

「……はい」

「ごめん。君が悪いわけじゃないよ。イジメられるほうにも原因があるとか、そんなことを言う奴もいるけどさ。イジメている時点でそいつが悪い。どんな理由があれ、やっちゃいけないことだ」

「お兄さん……」

　そのクラスメイトの顔も知らないのに、俺の心は怒りで満たされようとしていた。無意識に拳を握り、震わせる。

　そんな俺を、不安そうに見つめる向日葵と視線があって、我に返る。

「いや、今考えるべきは今後のことだな。噂はもう広がった、このままだとさっきみたいな事件が起こるかもしれない」

「……」

「俺がずっと傍にいて守れたらいいんだけど、それは物理的に難しい。だから、他の方法を考えよう」

「他の方法……」

「ああ。勘違いを正す方法。今回の場合は、俺と向日葵の関係の誤解を解くんだ」

　俺たちがそういう関係だと誤解されてしまったから、勘違いする男たちが現れてしまった。噂には尾ひれがついて、今度もどんどん大きくなる。

　放置すればするほど、学校での彼女の立場は危うくなるだろう。

「……一つ、方法がある」

「本当ですか？」

「ああ、そのために向日葵、君の覚悟も必要になるよ」

「私の……覚悟？」

俺はこくりと頷き、その方法を彼女に伝えた。彼女は少し驚き、しばらく考えてから、決意したように口を開く。

「やりましょう」

「いいのか？」

「はい！　正直、ちょっと怖いです……でも、それが一番いいのは私にもわかります。それに、いい機会かもしれません」

「……わかった。俺も全力で手伝うよ」

「いいんですか？　せっかく再就職もできたのに、私のせいでまた迷惑をかけ……痛っ！」

俺は彼女のおでこを軽くデコピンして、そのまま彼女の頭にポンと手を乗せる。まだ少し濡れている髪に触れる。

「お兄さん？」

「迷惑なんて微塵も思ってない。俺がそうしたいんだ。言ったろ？　向日葵のこと、手伝いたいって」

「――――！」

「それとも、迷惑だったたか？」

「そんなことないです。すごく……すごく嬉しいです」

「……そっか」

彼女の瞳が潤んでいるのがわかった。案外、彼女は涙脆いのかもしれない。弱さを見せないように我慢しているだけで。

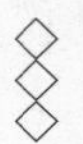

翌々日。

学校での噂は一瞬にして広がる。特に今はSNS社会である。誰かが見て知ったことは、隣の席の友達も知っている。

それが当たり前で、教室での会話は周囲にも聞こえている。本当かどうか、ネットで事実を確認することは簡単だ。

それ故に、噂はあっという間に更新……否、上書きされていた。

「高葉さん！　ヨーチューブやってたの？」

「あ、うん」

「俺も見た！　しかも結構人気じゃん！　知らなかったぁ！」

「ごめんね？　内緒にしてて……ずっと話せなかったんだ」

教室に入ると、向日葵の周りに人が集まっていた。彼らはスマホを片手に、向日葵に話しかけようと列を作る。

スマホ画面には彼女が初めて顔出しをした動画が映し出されていた。


皆さんこんにちは！

こうして顔をお見せするのは初めてですね。サンフラワーちゃんねるの向日葵です！

今までたくさん動画を見てくれてありがとう！

マネージャーさんと相談して、今後は少しずつ、声だったり顔も見せている動画もアップしていくことにしました！

これからもよろしくお願いします！


動画から、向日葵の音声が流れている。

「高葉さんマネージャーもいるの？　すげぇ……」

「あ、ひょっとして噂になった社会人の？」

「うん、そうなんだ。あの日は打ち合わせで来てて、お互いにあまり行かない場所だったから迷っちゃっただけなの」

「なーんだそうだったのかぁ。ま、俺はそうだと思ってたけどぉ」

「何言ってんだこいつ……」

秀一郎の提案した作戦は、向日葵が動画投稿者であることを公開するというものだった。

噂はより新鮮で、明確なものほど広まりやすい。彼女にあったパパ活疑惑も、秀一郎をマネージャーとして紹介することで、社会人と高校生というツーショットの不自然さを解消することに成功していた。

賑やかになる教室で、井上マリナが顔を出す。

「井上さん、おはよう」

「……おはよう。あんた、動画やってたのね」

「うん。黙っていてごめんね？」

「……あっそ」

彼女はバツが悪そうに去っていく。

向日葵自身は気づいていない。二日前、男子生徒たちをけしかけたのがマリナだということに。それが失敗したことで、マリナは怯えていた。

向日葵がそのことに気づいて、あえて何も言わないだけかもしれない。何も言わずとも、笑顔で脅しているような錯覚を覚えて、逃げ出す。

これで当分、マリナが向日葵をイジメることはなくなる。

「いろいろ教えてよ！　動画投稿って大変じゃない？」

「ううん、慣れると楽しいよ」

今はもう、誰も彼女がパパ活をしているなんて思わない。全ては新しい話題に塗り替えられた。

（……ありがとう、お兄さん）

半日ほど時間を遡る――

雨降りの中で向日葵を救出した翌日、俺は会社を休んだ。

体調不良ということにしたが、すこぶる元気でやる気に満ちていた。そんな中、俺は向日葵の自宅に足を運ぶ。

そこには同じく学校を休んだ向日葵がいて、ノートパソコンを広げていた。

「準備はできてる？」

「は、はい！　頑張ります」

「もっとリラックスして。撮るのは挨拶だけだから」

「そうですね」

昨日は落ち込んでいたけど、今日は少し笑顔が見られるようになった。ホッとしつつ、俺も気合いを入れる。

「さっそく始めようか」

「はい！　お願いします！」

今日、初めて彼女は動画で顔を見せる。

これまで彼女は意図的に、自分の顔や音声は入らないように編集していた。学校に迷惑が掛からないように。

「……本当は、不安だったんです」

「ん？」

「顔を見せたほうが、お母さんに見てもらえるかもしれない。でも、もしそこまでして、見つけてもらえなかったらって……」

「向日葵……」

彼女が動画投稿を始めたのは、お金のためだけではなく、いなくなった母親にメッセージを届けるためだった。

自分はこんなにも逞しく生きている。もう自分のことは自分でやれる。だから、安心して戻ってきてほしい、と。

「ごめんな。こんな形で……」

「いいんです。私に勇気がなかっただけですから……」

「大丈夫、なんて簡単には言えないけどさ？　きっと、伝わるといいな」

「はい。ありがとうございます」

彼女は柔らかな笑顔を見せる。今はこんな言葉しか送ることができない。彼女の想いが、健気さが、どうか母親に届いてほしいと願うばかりだ。

そうして動画を撮影し、以前に撮影した動画の最後にひっつける。作業自体は昼のうちに終わって、十五時くらいに投稿準備も整った。

「今日中に投稿しよう。明日、自慢できるようにな」

「自慢……できますか？」

「できるさ。高校生なら特に、有名人は大変だぞ？」

「そうです、かね？　でも先生たちは……」

「そっちは俺に任せてくれ」

「お兄さん？」

子供の相手は子供に任せたほうがいい。だからこそ、大人の相手は同じ大人に任せてほしい。

「大丈夫。これでも俺、社会人だから」

「はい。信じています」

「ああ、任せろ」

そうして俺は、マネージャー（仮）としての初仕事に赴くためスーツに着替え、彼女が通う学校へと向かった。


到着したのはちょうど下校時間。

生徒たちが帰り始める時間に、俺は流れに逆らって校舎に入る。すでにアポイントメントは取ってある。

　応接室に案内され、学校の校長と、担任の先生が待っていた。

「初めまして。高葉向日葵のマネージャーをしております、櫻野秀一郎です」

「こちらこそ初めまして。担任の筒井です」

「私は校長の近藤です。どうぞお座りください」

「失礼します」

　応接室で対面に座り、向き合う。学校の先生たちと話すなんて久しぶりだけど、今の俺は学生ではなく、社会人として来ている。

　いつも通りにやればいい。

「さっそくですが、お話をさせていただきます」

　俺は二人に向けて語った。向日葵がしている活動と、その背景……そして、噂によって彼女が被った被害を。

　担任、校長共に驚愕していた。

「そ、そんなことが……」

「事実です。私が止めに入らなければ、もっとひどいことになっていました。それだけではありません。クラスでのイジメも問題です」

「まさか、私のクラスで……まったく気がつきませんでした。担任として不甲斐ないばかりです」

「いいえ、向日葵は我慢強いので、迷惑をかけないように黙っていたのでしょう。そこは私からも、今後は相談するように言ってあります」

「ありがとうございます」

担任の先生は深々と頭を下げてくれた。この反応なら、意図的に放置していたというわけじゃなさそうだ。少しホッとする。

続けて校長先生が口を開く。

「問題の生徒に関しては、こちらで対応いたします。あとで名簿を見せますので、どの生徒か教えてください」

「わかりました。しっかり注意してください。もう二度と、こんなことが起きないように」

「もちろんです」

「それから、今後の活動についてですが、今回の件もありますので、もう隠すこともありません。彼女が抱える事情については、学校側も把握されていますね？」

「ご両親のことですね。それは担任から聞いております。学業に集中してもらいたい気持ちはありますが……彼女は成績も優秀と聞きますので、学業に支障がなければ、アルバイトということで認識します」

「ありがとうございます」

今度は俺のほうから頭を下げる。

これで、学校側も彼女の活動について把握し、理解したことだろう。普段の真面目さが好印象になっているおかげで、話がスムーズだ。

「話は以上になります。ありがとうございました」

「こちらこそ、貴重なお話を聞かせていただき感謝いたします。高葉のこと、よろしくお願いいたします」

「はい。学校でのことは、先生方にお任せします」

俺は担任教師と頭を下げ合ってから席を立ち、応接室を退出しようと歩く。ドアに手をかけたところで、校長先生が呼び止める。

「櫻野さん」

「なんでしょうか？」

「念のために確認しますが、あなたは本当に彼女のマネージャーで相違ありませんね？」

「――はい。もちろんです」

「……そうですか。今後とも、彼女が有意義な学校生活を送れるよう努めさせていただきます」

「はい。よろしくお願いします」

俺は応接室を後にする。

扉の外に出てすぐに、小さくため息をこぼす。

「……ふぅ、あとは明日次第だな」

「上手くいったみたいだな」

「はい！　お兄さんのおかげです！」

「俺は何も……いや、多少は頑張ったかな」

何もしていないと謙遜するのも違う気がして、俺は照れくさくなりながら鼻を触る。一日休んで学校に行き、俺も職場に行った。

みんなに心配されたが変わらず仕事をこなし、定時になったら急いで帰宅して、向日葵の家に直行した。

そして、今こうして成果を聞いている。どうやら生徒たちの間で噂は広まり、悪いほうの噂は消失したらしい。

俺はホッと胸をなでおろす。

「これからはちゃんと、困ったら相談しないとな。先生も落ち込んでたぞ」

「ご、ごめんなさい……」

「向日葵はあれだな。もう少し、他人を頼れるようにしたほうがいいな」

「……頼ってもいいのか、わからないんです」

ずっと一人で生きていかなければならない。誰にも頼らず、自分だけの力で生き抜くことで、強さを示してきたのだろう。

そんな環境に置かれ続けていたから、誰かに頼ることができなくなってしまった。

「なら、まずは俺に頼るところから始めようか」

「お兄さんに？」

「ああ、俺はいつでも歓迎だ。もっと頼ってくれていい。迷惑だなんて思わない。むしろ俺は、頼られるのが好きなほうだからな」

「……」

「せっかくだし、何かあるか？　俺にしてほしいこととか」

「してほしい……こと……」

彼女は視線を下方向でウロウロさせ、考えている。そうしてもじもじしながら、恥ずかしそうに口を開く。

「あの、じゃあ一つ……お願いしてもいいですか？」

「なんだ？」

「このまま本当に、私のマネージャーさんになって、くれませんか？」

「え……」

意外というか、思っていなかったお願いに少し戸惑う。

「や、やっぱり嫌ですか？　お仕事もあるのに大変ですもんね」

「違うよ。驚きはしたけど、嫌なんて思ってない。というか、それが一番いいとは思ってたんだよ。今後のためにもね」

「今後？」

「ああ、これからも一緒に、いろんな場所を冒険するならさ」

「――!」

彼女は瞳を大きく広げる。

「これからも……一緒にいてくれるんですか?」

「当たり前だろ? 言っておくけど、あのメッセージ貰ってすごいショックだったからな」

「ご、ごめんなさい! 私も、本当は嫌で……でも、お兄さんに迷惑かけたくなくて」

「迷惑じゃない。むしろ、君に連れ出してもらったおかげで、新しい自分に気づけた。感謝ばかりだよ」

あの出会いがなければ、自分を見つめ直し、行動しようという気にもならなかった。ただ自堕落に、朽ちていくだけだったかもしれない。

彼女との出会いは、俺の人生を大きく、前に進めたと思っている。

「だから、これからもよろしく頼む。俺に君の手伝いをさせてほしい、向日葵」

「はい! あ……」

「ん? どうかしたか?」

「名前、呼び捨てになってますね」

「ああ、そういえば……嫌だったか?」

彼女は首を横に振る。

「嬉しいです! こちらこそ、よろしくお願いします」

彼女は花が咲いたように笑う。

こうして、俺たちの関係に名前がついた。

第四章　この柵に意味を

仕事中、スマホの画面に通知が表示された。
向日葵の名前と、メッセージも一緒に。向こうは時間的に授業の間の短い休み時間だろう。こっちは仕事中だけど、内容を見るくらいなら平気か。
俺は左右を見回して、ちょこっとだけスマホの画面を操作する。
向日葵：今日も天気が不安定なので、外はやめておきましょう。
秀一郎：そうだね。じゃあ今日の集まりはなし？
向日葵：いえ、できればお話がしたいです。今後の活動のこととか。
秀一郎：わかった。じゃあ仕事が終わったらまた連絡するよ。
向日葵：はい！　お仕事頑張ってくださいね！
向日葵からは可愛らしいスタンプが送られてきた。俺も頑張る、と書いてあるスタンプで返事をする。

これまで仕事のことで、同僚以外にエールを送ってくる人なんていなかったから、彼女のエールは心に響くし、力になる。

残業はそこまで苦じゃなかったし、必要ならしてもいいと思っていた。今でもその考えは変わらないけど……。

「なるべく早く終わらせるか」

今の俺は、彼女との時間を優先したいと思うようになっていた。流れでとは言え、マネージャーになったんだ。

その役割もしっかり果たさないといけないな。

「仕事中にスマホいじってるなんて、櫻野君も随分と不真面目(ふまじめ)になったわね」

「うっ……光海」

気づかぬうちに、俺の背後には光海が立っていた。片手に資料を持ち、腕を組んで見下ろしているその表情は、明らかに不機嫌だ。

「どうせ相手は例の女の子でしょ?」

「え、なんでわかるんだ?」

「ニヤニヤしてたわよ。気持ち悪いくらい」

「そ、そうか……」

自覚なく、表情はニヤついていたらしい。俺は誤魔化すように視線を逸(そ)らすと、光海は盛大にため息をこぼす。

「はぁ……櫻野君が女子高生に手を出す変態だとは思わなかったわね」

「なっ、ちょっ！　誤解だって！　別に手は出してない！　そもそも俺と彼女はそういう関係じゃないから！」

「どうだか。誤魔化してるだけで、本当はそうなんじゃないの？」

「違うよ。俺だって分別はつけてる」

俺はこれでも社会人で、彼女は現役の女子高生だ。本来ならば出会うことも、関わり合うこともなかった相手。

世間的にも、社会人と女子高生の立場で関わりを持つことが、どのように映るのかは理解しているつもりだ。

俺がどうこう言われたりするのは別にいい。彼女の悪い評判が広まったり、学校生活に悪い影響を与えるようになってほしくない。

「この間のことで学んだよ。俺たちは、普通に会って話すだけでも、周りのことを気にしなきゃいけないいんだって」

「……学校でのイジメの件ね。今さらだけどそれ、私に言ってよかったの？」

「俺は男だし、女性同士のそういう感情はわからないからな。今後同じようなことがないように、あっても対処できるように、意見を聞いておきたかったんだよ」

光海にもすでに、彼女がどんな活動をしているのか伝えてある。どうせ動画で顔出しするからと、向日葵にも許可は貰（もら）っている。

もちろん、彼女が抱えているデリケートな問題に関しては伏せたままだが。俺と彼女の関係性の誤解を解くためにも、彼女が動画投稿者であることは教えておいて損はない。

話したときは納得してくれていたみたいだけど、未だに疑っているらしい。

「正直、私は反対よ？　お互いの将来のことを考えるなら、ここで距離を置いたほうがよかったと思うわ。そういう関係じゃないなら尚更ね」

「……」

光海の言っている意味は理解できる。俺たちは関わるだけで、いろんな視線や声に晒されることになるだろう。

彼女は学校で、俺は会社で、あるいは友人関係にも影響するかもしれない。リスクについては理解しているつもりでいる。

それでも俺は……。

「あのまま放置はしたくなかった。一度でも関わったのなら、最後まで責任は取りたいと思う」

「責任……ね。それは大人として？　それとも……」

「大人として……だよ。言っただろう？　俺たちはそういう関係じゃない。俺は社会人で、彼女は……女子高生なんだから」

「……あっそ」

呆れたような顔をして、光海は持っていた資料を俺の頭にポンと置く。

「ありがとう」

「サボるならバレないようにしなさいよ」

「わかってる。気をつけるよ」

光海は俺に背を向けて歩き出す。俺はスマホを置いて、受け取った資料に目を通そうと視線を下げる。

「そういう言い訳をするってことは、内心そういうことじゃない」

「え？　何か言った？」

光海は無視して歩き去っていく。ぼそりと何か口にしていたような気はするけど、気のせいだったのだろうか。

疑問は感じたが、俺は仕事に戻ることにした。早く終わらせて、残業せずに定時で帰るために。

時間は進んで夜になり、俺は帰りの電車に乗っていた。席はいくつか空いていたけどあえて座らず、出口に近い場所で立っている。

最寄り駅に到着すると、俺は急いで電車を降りて改札を抜ける。早歩きのつもりが駆け足になって、前のめりに帰宅を急ぐ。

すぐ目の前に自分の家が見えた。けれど俺は、そのまま自宅をスルーしていく。目的地はここじゃない。

俺が急いでいる理由は、彼女を待たせてしまっているからだ。エントランスでチャイムを鳴らして、中に入ってからエレベーターも通り過ぎる。

階段を駆け上がって、俺は彼女が住んでいる部屋の前にたどり着き、呼吸も乱れたままにチャイムを鳴らした。

「いらっしゃいませ！　お兄さん」

「ああ、お邪魔するよ、向日葵。本当……遅くなってごめんね」

「いえ、もしかして走ってきたんですか？」

「まぁ、ね……」

本当は定時で帰るつもりだったけど、仕事が終わったのは十九時半過ぎだった。定時前に新しい仕事が増えてしまって、急ぎだったから断れもせず、結局残業だ。

光海は一人先に帰っていくし、嫌味かと思うほど清々しく、まぁ頑張りなさいよ、と一言だけ言い残していった。

以前なら手伝ってくれていたのに、なんだか最近俺に冷たいというか、変に厳しい気がするのは気のせいだろうか。

「そんなに急がなくても、はいこれ、水です」

「ありがとう」

彼女は気を利かせて水を用意してくれて、それを一気に飲み干す。ちょうど暑くなってきて、汗もかいていたから身体にしみるようだ。

「中にどうぞ！」

向日葵と一緒にリビングへと移動する。何度か訪れたけど、相変わらず広くて綺麗で、女子高生が一人で暮らすには豪華すぎる。

ここの家賃も生活費も、全て一人でやりくりしているのだから、下手な社会人よりもしっかり自立しているな。

「夕食はまだですよね？　私もまだなので、よかったら一緒に食べませんか？」

「いいの？」

「はい！　お兄さんの分も用意しましたから！」

彼女は明るい笑顔でそう言ってくれた。しっかりしているし、気も利く。走った後でカロリーも消費して、思い出したように俺のお腹が鳴り始める。

「じゃあ、お言葉に甘えようかな」

「はい！」

それから二人で、彼女の手料理を食べた。知ってはいたけど、彼女は普通の料理もできる。自炊しない俺よりも、人間らしい生活を送っているな。

「ご馳走様。美味しかったよ」

「ありがとうございます」

「ごめんね。なんだかここへ来るたびに、ご馳走してもらっちゃって」

「いいんですよ。私も、誰かと一緒にご飯を食べるのは嬉しいですから！」

「そっか……」

俺は彼女と一緒にお皿を洗いながら、この広い部屋をじっと見まわす。大人でも持てあます広い部屋に、たった一人で暮らしている。

俺はもう慣れてしまったけど、時折寂しさとか、自分は一人なんだという漠然とした孤独を感じることはある。

彼女の場合はもっと頻繁に、あるいは常に感じているのかもしれない。彼女の母親はどこへ行ってしまったのだろうか。

二人を捨てた父親も、どこで何をしているのか。親権が移り、こんな豪華な部屋を用意するくらいなのだから、きっと仕事も順調なのだろう。

生活に余裕があるなら、彼女のことをもっと支援してあげればいいのに……。

支援を断っているのは彼女自身みたいだけど、それでも親なら、子供の成長を見守ってあげてほしかった。

よくないな。まだ一度も会ったことがないのに、彼女の父親に対して怒りが沸き上がる。

「……ん？　どうかした？」

ふと、彼女がじっと俺のことを見ているのに気づいた。

「今日はスーツなんですね」

「ああ、仕事終わりでそのまま来たからね」

「なんだか思い出しますね。初めて会った時のこと」

「そういえば、あの時もスーツだったっけ」

仕事を辞めて、再就職の面接も上手くいかなくて……すべてがどうでもよくなった俺は、雑草を食べようとした。

そんな俺を引き留めて、食べられる雑草を教えてくれたのが、彼女との初めての出会いだった。

改めて思うと、意味不明な出会い方をしている。あの頃はまだ、知り合いにすら遠い他人でしかなかった俺たちだけど、今はこの関係にも名前がついている。

俺たちは顔を見合わせて、同じ表情をする。

「それじゃ、今後の活動の話でもするか？」

「はい！　よろしくお願いします！　マネージャーさん」

「おう」

「ふふっ、なんだか変な感じですね」

そう言いながら彼女は嬉しそうに微笑んでくれた。その笑顔を見るだけで、明るさが俺の心まで届いてくるようだ。

食器の片づけを終えた俺たちは、彼女のノートパソコンを開き、ソファーに座って眺めながら話をする。

「この間の動画、かなり伸びたな」

「ですね。自分でもビックリしました。ただの顔出し挨拶なのに、どうしてでしょう」

「きっとみんな興味があったんだよ。向日葵がどんな人なのか。それから、こういう理由が大きいと思うよ」

　俺は動画のコメント欄に流れてくる、可愛いという単語を指さす。コメントには同様に、可愛いという旨の内容が多く寄せられていた。

「気になっていた人の顔が見られて、しかも可愛い女の子だった。だから余計に、再生回数も伸びたんじゃないかな」

「そ、そうなんですか……可愛い……」

「おそらくだけど、向日葵の動画を見ている人は男性が多かったんじゃないかな？　顔がわからなかったからこそ、想像を膨らませていたのかもしれないよ」

　男は割とそういうのに弱かったりするからな。顔や声は晒していなくても、時折画面に映る手足や仕草、年齢だけでも妄想できてしまう生き物だ。

「……お兄さんも、ですか？」

「え？」

「お兄さんも、この人たちと同じように、可愛いって思いますか？」

「――！」

　思わず不意打ちの質問に、身体がビクッと反応して固まる。彼女はそういうこと、気にしない性格だと思っていたのに。

少し不安そうに、けれど期待しているかのような視線を俺に向けてくる。

「……も、もちろん。可愛いと思っているよ」

「そう、ですか」

彼女は頬をほんのり赤くして、恥ずかしくも嬉しそうな表情を見せる。そんな表情を見せられたら、余計に可愛いと思ってしまう。

甘い空気が流れる。

彼女の家で、二人きりでこういう雰囲気になるのはよくない。そう思った俺は咳(せき)ばらいをして話を進める。

「えっと、今後の活動についてだけどさ。どうする？　積極的に顔は出していく？」

「あ、はい！　そういうことで動画でも話しましたから」

彼女は笑う。無理をしている感じはしない。ただ、頑張らなきゃと覚悟して、可愛らしく両拳をグーにしている。

「わかった。じゃあ編集の方法も変えようか。顔を出すなら、説明も向日葵の声でしたほうがいい」

「そうですね。頑張ります！　説明は苦手ですけど」

「十分に上手いよ。こっちの業界は素人(しろうと)で何も知らない俺でも、向日葵の説明はわかりやすくて助かってる」

「本当ですか？　お兄さんにそう言ってもらえると、なんだか自信がつきますね」

またそんな、可愛らしい表情で嬉しいことを言ってくれる。彼女がそう思ってくれるように、俺も彼女の言葉で……活力を貰っている。

「普段の動画はそうするとして、他に何かあるか？　顔出しが解禁されたなら、たとえばコラボとか？」

「あ、いいですね！　そういうことなら、何人か協力してくれそうな人は知っています」

「本当？」

「はい！　あー、でも師匠は今こっちにいないし……あの人ならいいかな？」

向日葵は唇の下に指を当て、天井を見上げながら独り言を口にする。顔出しをしていなかったこともあり、彼女は動画上で一度もコラボはしていない。

ただ、SNSで同じ生物関係の動画を上げている人と、定期的にコメントで絡んだりしているのは確認済みだ。

俺が知らないだけで、動画では出ていないだけで、その界隈でのつながりはあるらしい。

彼女が師匠と呼んでいる人とか、SNSではお店を経営している人なんかも、彼女が動画を投稿するとコメントをくれていた。

俺が思っている以上に、彼女はこの界隈で知られているのかもしれない。嬉しい気持ちと、少しの不安が過る。

どんな人たちなのだろう、とか。その人たちにとって、彼女はどういう存在なのか。彼らに俺は、どう見えるのか。

　会う前からいろいろと考えてしまうな。

「お兄さん？」

「ん、あ、なんだ？」

「どうかしましたか？　ぼーっとしていましたけど、やっぱりお仕事で疲れて……」

　申し訳なさそうな表情を見せる向日葵に、俺は勢いよく首を横に振って否定する。

「大丈夫だよ。それより、コラボ先だけど、最初は向日葵がコラボしたいって人にお願いするのがいいんじゃないかな」

「そうですね！　候補はお二人います」

　向日葵はノートパソコンを操作し、二つのチャンネルを表示した。一つは『ちゃんねる鰐（わに）』、もう一つは『じゅえりー』。どちらも登録者数は向日葵より多い。

「すぐに話ができそうなのは、こっちの鰐さんですね」

「この人って確か、爬虫類（はちゅうるい）をたくさん飼育している人だっけ？」

「はい！　とっても面白い方なんですよ！　深谷市（ふかやし）で爬虫類カフェを経営している人なんです！」

「爬虫類カフェかぁ」

　あまり聞き慣れない響き。けれど逆に、興味をそそられる。鰐とか蛇は、怖い生き物であると同時に、男にとっては格好いい生き物でもある。

知識のない俺でも、普通に見てみたいと思ってしまうほどだから、きっと多くの人たちの心を惹きつけているのだろう。

それに店舗経営までしているということは、動画投稿者としてだけでなく、経営者としての視点も持っている人だろう。

これから彼女のマネージャーをするにあたって、いろいろ相談する相手がほしかった。

「深谷市か。距離があるし、仕事終わりに顔を出すっていうわけにもいかないか」

「はい。だから今度の日曜日、一緒に行きませんか？」

「日曜か。予定はないし大丈夫だよ。駅に集合でいい？」

「そうしましょう！」

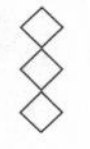

日曜の午前九時。

朝食は各々で済ませて、駅前に集合する。予定よりも早く到着した俺は、彼女が来るのを待っていた。

駅に時計はあるのに、腕時計を何度も見てしまうのは、そわそわしている証拠だろう。

到着してから改めて思う。

「……なんかこれ、デートの待ち合わせみたいだな……」

休日に女の子と待ち合わせをして、二人で遠くへお出かけをする。見方を変えたらこれってデートなんじゃ……とか考えて顔が熱くなる。

　これはあくまでもコラボのため、しいて言えば仕事の一環だ。決してデートとか、浮ついた気持ちはないし、彼女もそのはずだ。

　緊張して変な風に思われないように、俺は大きく深呼吸をする。

「お兄さん！」

　向日葵の声がして振り返る。彼女は手を振りながら、笑顔で俺の下へ駆けよって来た。

「お待たせしました！」

「いや、俺もさっきついたばかりだよ」

　このセリフもデートの待ち合わせじゃ定番だよな……。

「なんだか……」

「ん？　どうかしたか？」

「いえ、何でもありません！　行きましょう！」

「ああ」

　ほんの少し、彼女の頬が赤くなったような気がした。夏が近づいて、最近は徐々に気温が高くなっている。きっとそのせいだろう。

　俺たちはいつもとは反対方向の電車に乗り込む。都心とは逆方向だから、日曜でもあまり人は乗っていなかった。

おかげで席も空いていて、俺たちは並んで腰かける。

「楽しみですねー」

「ああ、俺は初めてだからな。向日葵は？」

「私は三回目です。オープンした時にお呼ばれして、一周年の時にもお邪魔しました」

鰐さんが経営しているカフェは一昨年にオープンしたばかりで、もうすぐ二周年を迎えるという。

ＳＮＳで絡んだり、動画のことで相談したりすることはあったが、直接お店に行く機会はそこまで多くなかったらしい。

お店には同じく動画投稿者も訪れることがあり、顔出しを避けていた彼女は、身バレをしないために知人だけが呼ばれる機会しか顔を出さなかった。

本当はもっと遊びに行きたかったらしいから、今回の顔出しをきっかけに、変な気を使わなくてよくなったのは、彼女にとってもいいことだろう。

今日お邪魔することも、アポは事前にとってある。打ち合わせはお店が開店する前の準備時間に行うことになっていた。

簡単にだが、メールで俺から挨拶もさせてもらっている。

少し緊張しつつ、電車に揺られること一時間と少し、目的の駅に到着して、そこからはタクシーに乗って移動する。

タクシーの運転手さんの話だと、最近よく同じ目的地を利用する人が増えているそうだ。

立地的にそこまでいい場所ではないのに、多くの人が利用している。それだけ人を魅了する場所だということで、俺も期待を膨らませた。

そうしてタクシーは荒川沿いにある鰐さんの爬虫類カフェに到着する。

「ここが……」

「はい！　鰐さんのお店です！」

ネットで見たよりも広くて迫力がある。後ろには荒川が流れていて、建物の周囲も建築物より草木が多い。

お店の雰囲気からして男がワクワクする感じがあって、外でもすでにニワトリが鳴いていたり、大きい亀が歩いているのが見えた。

「時間ですし、中に入っちゃいましょう」

「そうだな」

なんだろう。やっぱり俺も男の子らしい。特別爬虫類に詳しいわけでもないのに、早く見たいという欲が膨らむ。

俺と向日葵は駐車場から坂道を進み、外で飼育されているニワトリたちの元気な鳴き声を聞きながら店内に入る。

瞬間、ビックリするほど大きな振動を感じた。

「な、なんだ今の？」

「地震……じゃないですよね……」

俺だけじゃなくて向日葵も困惑していた。互いに顔を見合わせて、首を傾げる。すると、もう一度振動がして、向日葵が気づく。

「あ、あれですよきっと！」

向日葵が指をさしたのは、店内の奥にあるひときわ目立つ大きな水槽。その中で飼育されていたのは、かなり大きなワニだった。

ぱっと見だけでも凄まじい迫力で、しっぽまで含めたら俺と同じくらいの大きさはあるように見える。

そんな大きなワニが喉を震わせていた。

「これがワニの鳴き声？」

「そうみたいですね。私も初めて聞きました！」

振動の正体は、水槽の中にいるワニの鳴き声だったらしい。俺はワニが鳴くこと自体初めて知って、お店全体を振動させるほどの迫力に、思わず息を呑む。

動画とかSNSでワニを飼育していることは知っていたし、なんとなくイメージはしていたんだけど……。

「想像よりもでかいな。いろいろと」

「そうだろう？　初見の人はみんな、君と同じ反応をするね」

「あ、鰐さん！」

ふいに知らない男性の声が、俺たちに話しかけてきた。向日葵が先に気づいて振り向き、名前を呼んだことで把握する。

俺も遅れて挨拶をするために、声がした方向へ振り向く。

「初めまして。あなたが鰐さ――」

彼を見た最初の感想は、たったの一言で表せる。


――筋肉すごっ！


でかい。とにかく大きかった。

普通のシャツが小さく見えるほどに、内側の筋肉が服を押し上げている。服の上からでもハッキリとわかる筋肉。

身長は俺とあまり変わらないのに、なんだろうこの圧倒的な威圧感……ワニとは違った迫力がある。

そしてなぜか……男として、この人には勝てないいんじゃないか、と、初対面で思ってしまった。

「どうかしたかな？」

「あ、すみません。彼女のマネージャーをしています、櫻野秀一郎です。よろしくお願いします」

「ああ、君がマネージャー君か。彼女から話は聞いているよ」

「お兄さん！　この人が鰐さんです！　爬虫類とか生き物の知識をいろいろ教えてもらったんですよ！」

向日葵が両手を広げて紹介してくれた。彼女には生物関係でお世話になった人たちが何人かいて、鰐さんもそのうちの一人らしい。

俺たちは鰐さんに案内されて、店内の一席に腰かける。後ろにはちょうどさっき鳴いていたワニの水槽がある。

なんとなく睨まれている気がするが、たぶん気のせいだろう。初めてのこういう場所で緊張しているだけだ。

「久しぶりだね、向日葵ちゃん。一周年の会食以来？」

「はい。あの日以来です！」

「そっか。にしても、向日葵ちゃんもついに顔出しをしたんだね。前に会った時は、そういうのする気はなさそうだったけど、心情の変化でもあったのかな？」

「はい。いろいろありました」

向日葵は笑顔で、複雑な感情を表現する。彼女の言ういろいろの中には、本当に多くの事情が絡んでいて、一言では表現できない。

それを感じ取ったのか、鰐さんは優しく笑って頷き、視線を俺に向けた。俺は緊張してビクッとしつつ、背筋を伸ばす。

「秀一郎君、でよかったかな？」

「はい」

「きっと、彼女の顔出しは、君が背中を押してくれたおかげなんだろうね」

「え……」

鰐さんは優しい表情のまま、ちらっと一瞬だけ向日葵に視線を向けて、申し訳なさそうに語り出す。

「一応俺も、彼女の事情は知っているんだ。彼女が動画を投稿する前から、SNSとかオフラインのイベントで関わりがあったからね」

「そうだったんですね」

「ああ。できれば俺も力になりたかったんだけど……中々。その頃はちょうど、この店をオープンする準備もあってね。あまり大した手助けはできなかったんだ」

「そんなことありませんよ！　鰐さんには動画のこととか、初めての私にいろいろ教えてもらって、本当に感謝しています！」

「ありがとう。ずっと心配はしていたんだ。だからこの間、あの動画を見て驚いたし、嬉しくなったよ。きっと、いいことがあったんだなって」

鰐さんはそう語りながら、もう一度俺と視線を合わせ直し、嬉しそうに、優しい笑顔でこう言ってくれた。

「向日葵ちゃんのマネージャーが、真面目でいい人そうでよかったよ」

「はい！　お兄…マネージャーさんにはとっても助けられました。すごくいい人です！」

向日葵が満面の笑みで鰐さんにそう言うと、俺はなんだか恥ずかしくなって、自然と目を逸らしてしまった。

そんな俺を見て、鰐さんは面白そうに笑う。

「青春だねぇ」


それから一時間くらい使って、コラボについての話し合いをした。コラボ自体は最初から乗り気で、今回は顔合わせがメインになる。

どういう内容の動画にするかは、この後何度か打ち合わせをして決める。鰐さんも忙しい方だから、時間を捻出するのも大変そうだ。

「とりあえず、今決められるのはこのくらいだね」

「はい！　ありがとうございました！」

「こちらこそ、コラボできること、すごく嬉しいよ。最初のコラボ先に選んでもらえたのも光栄だ」

「私も、鰐さんとのコラボが楽しみです！」

向日葵が笑顔を向ける。楽しそうに、嬉しそうに、俺にではなく、他の誰かに向けられている笑顔を見ると……少しだけ心がモヤッとする。

「さて、俺は仕事があるから失礼するよ。二人とも、時間があるならぜひうちの家族たちを見て行ってくれ。少し後になるけど、ショーもあるから」

「はい！」

「ありがとうございます」

そう言うと、鰐さんは席を立ってレジのほうへと歩いて行く。ショーまであるのか。

どんなショーが見られるのか楽しみだ。打ち合わせは思ったよりスムーズで早く終わったし、せっかく来たんだ。

「お言葉に甘えて、見学してから帰るか」

「はい！　私、ちょっと奥のほうへ行ってきてもいいですか？」

「いいよ。俺も打ち合わせの内容をまとめ終わったら合流するから」

ずっと見て回りたくて、彼女がソワソワしていることには気づいていた。まだ開店前だから、お店には俺たちしかいない。

ゆっくりと見て回るのに、これ以上のタイミングはないだろう。俺は快く彼女を送り出して、ノートパソコンに打ち合わせ内容を打ち込む。

カタカタとキーボードのタップ音が響き、後ろからワニが動く水音が聞こえてくる。バシャンと大きな音が響く。ワニが水槽の水に飛び込んだのだろうか。

「見なくてもすごい迫力。ワニってなんか、性格が大雑把な感じするんだよな」

「失礼ね。ワタシは誰よりも繊細よ」

「そうなんだな。繊細って、ワニのイメージから程遠……い？」

「ワタシからしたら、あなたみたいな人間のほうがよっぽど大雑把よ」

ここで質問です。

果たして俺は、一体誰としゃべっているのでしょうか？

隣にはワニが座っています。不思議ですね。人間の椅子に、なぜか大きなワニが座っているんです。

俺は自分が理解力がいいほうだと思っていたけど、どうやら勘違いだったらしい。この状況をまったく理解できなかった。

「ちょっと、何黙って睨んでるのよ。食べるわよ」

「わ、鰐さーん！」

俺は叫んだ。もう意味がわからなくて、しゃべるワニがいる前で、鰐さんのことを力いっぱいに呼んだ。

「どうかしたかい？」

「わ、鰐さん！　なんかここにワニがいるんですけど！」

「ん？　ああ、その子なら平気だよ。とても大人しくて、俺の言うことも聞いてくれる。まるでこっちの言葉がわかっているみたいに」

「い、いやだってさっき——！」

隣のワニが小さな手を俺の脇腹に突き立て、口を大きく開けていた。しゃべるんじゃないぞ、と脅されている気分だった。

「本当はよくないんだけどね。その子だけ、開店前は自由にさせているんだよ。君にも危害は加えないと思うから、安心してくれて構わないよ」

「いや……」

安心とか絶対にできないんですけど……。

「じゃあ俺はまだ開店準備があるから、何かあったら呼んでくれ」

「ちょっ！」

何かあった後だと遅いんですけど！

声を出そうとした俺の前に、ワニの大きすぎる顎が見えて、それ以上声を出すことができなかった。

空っぽになった水槽には、メガネカイマンという名前が書かれている。

メガネカイマンは、新大陸では最も広く分布しているアリゲーター科のワニで、目の間の骨が隆起していて、これが「眼鏡」をかけているように見えることから名前が付けられている。

大きいもので全長二メートルを超え、個体によっては三メートルにまで達するほど大きくなるらしい。

鰐さんがいなくなったことを確認すると、隣のワニは口を閉じて、人間さながらの呆れたため息をこぼす。

「はぁ……ちょっとあなた、騒ぎ過ぎよ」

「騒ぐだろ普通。だってワニがしゃべってるんだぞ？　いや、しゃべってるよな？」

「見てわかるでしょ？　あなたはお馬鹿さんなのかしら？」

「ワ、ワニに馬鹿って言われた……」

目の前でワニが、爬虫類のワニが流暢に日本語をしゃべっている。理解しがたい状況に、いや、だからこそ一周回って冷静になった。

とりあえず、ワニが言語を解しているという事実は認めよう。

「なんでしゃべれるんだよ」

「ワタシはね？　ご主人様とずーっと一緒にいるの。小さい頃からずっと、寝る時も、ご飯の時も、遊ぶ時も……何をするにも一緒だったわ」

「そんなドラマみたいな……」

「常に一緒にいたワタシは、いつしか彼とお話がしたいと思うようになったの。だから勉強したのよ。こっそりと」

「ワニが勉強……」

頭の中でイメージする。ペンを片手にテーブルに向かって、文字を書いたり読んだりしているワニの映像を……。

我ながら意味不明過ぎて、自分の頭が正常なのかわからなくなった。

「え、じゃあ鰐さんは知っているのか？」

「知らないわ。話していないもの」

「なんで？　鰐さんと話すために勉強したんだろ？」

さっきから鰐さんとワニ、同じ呼び方で区別がつきにくい。とりあえず便宜上、こっちのワニのほうはワニ姉さんと呼ぶことにしよう。頭の中で。

「そうね。最初はそうだった……でも、ふと気づいたのよ。ワニは普通、しゃべらない」

「……そうだな」

それが常識だと俺も思うよ。

「いきなりしゃべったらきっとビックリする。怖がられるわ。ご主人様に距離を置かれたら、ワタシはもう生きていけない。だから……」

ワニ姉さんは鋭い目で俺を睨み、顎を大きく開いて威嚇する。

「もし話したら、あなたの股間を食いちぎってメスにしてあげるわ」

「か、勘弁してください。ワニ姉さん」

怖すぎて心の中だけの呼び名が、ふいに言葉に漏れてしまっていた。ワニに言葉で脅された人間は、おそらく歴史上初めてなんじゃないだろうか？

なんて嫌な初めてを体験してしまったんだ俺は……。

「そ、そんなバレたくないのに、どうして俺に話しかけてきたんだ？」

「あなたにお願いがあったのよ。あなた、あの小娘と親しいのよね？」

「小娘って、向日葵のことか？」

「ええ、そうよ。あの忌々しい小娘が、ワタシのご主人様に変なことしないように、あなたが見張っていなさい！」

「へ、変なこと？」

「にぶいオスね！　あの小娘が私のご主人様に色目を使って、――なこととか、×××をしないように見張れって言ってるのよ！」

「ちょっ、何てこと言うんだよ！」

ワニ姉さんの口からおよそあり得ないほど過激な単語が飛び出して、思わず強気にツッコミを入れてしまった。

ギロッと睨まれて背筋が凍る。鰐さんは大丈夫って言ってたけど、本当に食べられたりしないだろうか……俺は男の子のままでいたいよ。

「ひ、向日葵がそんなことするわけないだろ？」

「何言ってるのよ。人間のメスなんて、オスと×××することしか考えてないに決まってるでしょ？」

「ものすごい偏見だな……」

ワニ目線では、人間ってそういう風に見えているのか？

知りたくなかったな……。

「ご主人様はワタシのものよ。人間のメスに取られるなんてあり得ない。もしそんなことがあったら、ワタシは本能を解放するわよ」

「……な、なるほど？　鰐さんを取られたくないから、女の子にはなるべく近づいてほしくないわけか」

「ええ、できれば誰も来てほしくないわね」

それはお店が成り立たなくなるからダメだろ……と、心の中でツッコミをいれる。

どうやらこのワニ姉さんは、過剰なまでに飼い主である鰐さんのことが大好きみたいだ。大好きだから、女の子である向日葵が鰐さんと仲良くするのが嫌で、男の俺に忠告しているのだろう。

「注意するって言っても、俺は鰐さんとは初対面だし、特に何もできないぞ」

「あの小娘が変なことしそうになったら止めなさい。それくらいできるでしょ」

「大丈夫だと思うけど……」

「その油断が最悪の結果を招くのよ？　いいからちゃんと見張っておきなさい。もし失敗したら、あなたもメス科動物よ」

鋭い視線での威嚇に、背筋ではなく股間がひゅっとなった。どれのどこが繊細な性格なのだろう……と思ったが、口に出すのは怖いので胸の奥にしまい込む。

「おいおい、あまり新人さんをイジメなさんな」

「……なんか新しい声が……下から聞こえたような……」

「こっちじゃ、足元」

「ん？　岩？」

いつの間にか足元に、座れる椅子位の大きさの岩があった。いや、岩じゃないのはすぐにわかった。首が伸びて、のっそりと動いていたから。

それに、しゃべっていたし。

「今度は亀か……」

「おや？　あまり驚かんのじゃのう」

「まぁ……」

この状況に慣れつつある自分が怖いよ。

「ちょっと爺さん、なんであんたまで出てきてんのよ」

「ほれ、ワシの家は掃除中じゃ」

しゃべる岩みたいな亀のお爺さんは、首を長ーく伸ばして方向を示す。ワニガメと書かれた水槽を、ちょうど店員さんが手入れしていた。

名前の下に説明も書いてある。

体重は百キロにも達することがある巨大な肉食の亀で、噛む力が非常に強く、人間の指程度なら簡単に食いちぎられるとか。

このカフェで飼育されているワニガメは四十七歳と高齢らしい。

「なるほど、だからお爺さんみたいなしゃべり方なのか」

「そういうことじゃな」

「……いやいやいや」

これで納得できるなら、世の中に幽霊とか妖怪がいるって言われても、一切驚かずに順応してしまえるだろう。

何なんだ？

このカフェの爬虫類は全部しゃべれるのか？

ここだけ明らかに世界観が違うんだが⁉

「人間の兄さんや。あまりこの子の言うことは気にせんでええよ」

「勝手なこと言わないでよ。食べるわよ」

「ほっほっ、ワシを食べても硬くてお前さんの歯が折れるだけじゃよ」

「そうかしら？　美味しく頂けると思うわよ」

「や、やめてくれ！　ここでバトル展開はもっと意味がわからなくなるから！」

頼むからこれ以上、意味不明な情報を増やさないでくれ。俺の平凡な脳みそがそろそろ爆発しそうだ。

「大丈夫じゃ。この子は口は悪いが、根はやさしい。ご主人が悲しむようなことは、絶対にしたりはせん」

「……ふんっ！」

ワニ姉さんはすねたように、人間みたいにそっぽを向く。しゃべるだけじゃなくて、仕草や動作にも人間っぽさがある。

「そうなのか」

「とにかく！　忠告はしたわよ？　破ったらわかってるわね？」

「あ、じゃがいざという時は容赦せん性格じゃ、気をつけるんじゃぞ？」

「……わ、わかりました」

生きた心地がしない。俺はノートパソコンを閉じて、逃げるようにその場を立ち去り、見学中の向日葵に合流した。

「あ、遅かったですねお兄さん！　なんだか疲れてますか？」

「……まぁちょっと、ワニって迫力あるなーって」

「そうですね！　ここの子は大人しくて優しい子たちばかりで、安心しちゃいますけど」

「……そうだな」

一番辛(つら)いのは、今の出来事を誰とも共有できないという部分だ。なんて秘密を知ってしまったんだ俺は……。

ため息をこぼし、向日葵と一緒にカフェ内を散策する。カフェの中にはワニや亀だけじゃなくて、たくさんの蛇やカエルたちもいた。

エミューというダチョウみたいな鳥の子供も二羽いて、それがすごく可愛かった。鰐さんはせっせと準備をしていて、開店時間が近づく。

「忙しそうだな」

「そうですね。お店を経営するって、それだけで凄(すご)いことだと思います。尊敬しちゃいますよね」

「……向日葵は、鰐さんとはどうやって出会ったんだ？」

「イベントですよ。動物とか爬虫類のイベントで、会場が広くて迷子になっていた私に声をかけてくれたんです」

初対面だった向日葵に声をかけ、会場内を案内してくれたそうだ。鰐さんは身体も大きくて怖そうに見えるけど、実際はとても優しくて面倒見がいい。人の良さは、さっき話してよく感じていた。

「それから連絡を取るようになって、動画のこととか、いろんなことを教えてもらったんですよ」

「そっか。結構な頻度で連絡するのか？」

「そうですね。多い時は毎日なんてこともありました。最近は一週間に数回です。それがどうかしましたか？」

「……いや、なんでも」

ワニ姉さんがあんなことを言うせいで、変に意識してしまう。向日葵のことだから、そういう関係がちらつくこともないと思うけど……。

あまりよくないな。

初対面の相手に変な嫉妬をしてしまう自分に、俺は思わずため息をこぼす。

しばらくして、お店が開店になるとお客さんが一気に入ってきた。年代はバラバラで、男女も同じくらいの人数だ。

本当に多くの人たちの興味をそそる場所なのだろう。俺たちは邪魔にならないように、打ち合わせをした席に腰を下ろし、少し休憩していた。

「あまり長居しても迷惑でしょうし、ショーを見たら帰りましょうか」

「そうだな。そうしよう」

正直どっと疲れた。とても面白くていい場所ではあるけど、命の危険を感じるのでしばらくは遠慮したい気分だ。

まぁどうせ、コラボ関係でこれからも何度か訪れることになる。その度にワニ姉さんに睨まれるかと思うと、今からちょっぴり憂鬱だ。

「皆さんお待たせしました！　これよりちょっとしたショーをしますよ！」

「あ、始まるみたいですね」

店員さんがアナウンスすると、お客さんたちが集まってくる。なんでも割りまショーと書かれているから、何かを割るのだろう。

テーブルにクルミと、大きめのスイカが用意されていた。

「このお店の名物なんですよ！」

「そうなんだ」

お店にはたくさんの爬虫類たちがいる。どの爬虫類がショーをするのだろう。スイカは大きいし、あのサイズならワニくらいじゃないと割れない気もするが……。

「それでは始めます！　お願いします！　店長！」

「……ん？」

店長？

「はい。皆さんこんにちは」

アナウンスに従い、店長の鰐さんが姿を見せる。誰かが爬虫類を連れてくるのかとも
思ったが、どう見ても店長一人だった。

「それではよーく見ていてください。今からこのクルミを割ります」

隣でワクワクしている向日葵。そして他のお客さんたちも注目している。まさかクルミ
割りって、店長がやるわけないよな？

クルミって結構硬いし、ペンチとかないと割るなんて……。

「ふんっ！」

「ぶっ！」

思わず吹き出してしまった。

あんたが割るのかよ、と心の中でツッコミを入れる。

予想通りだけど予想外に、鰐さんはクルミを叩き割った。しかも手刀で。硬いクルミは
表面が砕けて、いい感じにバラバラになっている。

続けて鰐さんはスイカの前に移動する。

人間の頭よりも大きいスイカ。種類によっては皮の硬度も高く、包丁ですら上手く刃が
入らないものもある。

まさかあれも鰐さんが割るとか……。

「せいっ！」

普通に割ったー……。

もう意味が分からない。なんの躊躇もなく鰐さんは大きなスイカを砕いた。しかもまた、手刀で砕いていた。

「スイカって手刀で割れるんだなぁ」

「これならビーチのスイカ割り棒いらずじゃん。うけるー」

「……ははっ」

やっぱり男として、この人には勝てないんだろうなと思ってしまった。俺も今から頑張って筋トレして、クルミとかスイカが割れるようになろうかな？

いや、無理だろ。

「さぁ、砕いたものは餌やりに使いますよ！　私と一緒に、ここの子たちに餌やりをしましょう！」

「餌やりができるみたいですよ！」

「みたいだな。向日葵も行ってきたら」

「お兄さんはいいんですか？」

「俺は見てる方が楽しいからね。もう少し休憩してるよ」

「そうですか。わかりました！　じゃあ行ってきます！」

少し寂しそうな表情を見せたけど、向日葵は笑顔に戻り、元気に他のお客さんたちと一緒に餌やり体験に向かった。

「……ふぅ、ここはやっぱり異世界だな」

ワニはしゃべるし、店長はムキムキで、人間とは思えないパワーを見せるし……一気にいろいろ見過ぎて脳が壊れそうだ。

「糖分がほしい……」

帰りに寄り道して、甘いものでも食べに行くか。向日葵にその話をしようと思って、彼女のほうへ視線を向ける。

ちょうど餌やりをしているところで、鰐さんと楽しそうに話していた。

「この子前より大きくなりましたね」

「そうなんだよ。俺も驚くほど急成長してね。あっちにいるメガネカイマンも、大きさがわかるようにメジャーを設置したんだ」

「そうなんですね！　確かあの種類って、もっと大きくなる可能性がありますよね」

「個体によってね。あの子はもう上限じゃないかな」

後ろの水槽から殺気を感じ取れる。

声には出さずとも、ワニ姉さんから意思が伝わるようだ。あの小娘、ワタシのご主人様と仲良く話しやがって、みたいな。

ビクビクしながら俺は、楽しそうに会話する二人を一人で離れた場所から眺めている。

まるで、俺たちの心の距離を表しているようだと、勝手に思ってしまった。

向日葵は誰に対しても明るくて、いつも笑顔を絶やさない。特別な感情などなくても、きっと彼女は笑顔を向けてくれる。

だからこそ、時折考えてしまう。彼女にとって、誰と一緒にいることが一番幸せで、楽しい時間なのか。

それはきっと、俺みたいに無知な奴じゃなくて、鰐さんみたいに知識があって、話が合う相手なんじゃないか……と。

少なくとも、鰐さんなら彼女の専門的な話にもついて来れるし、逆に新しい知識を提供することだってできるはずだ。

向日葵自身も、知らないことを知ったり、共有したりすることは楽しいと感じているに違いない。だとすれば俺は……。

「……何考えてんだろうな」

わかっていたことじゃないか。俺と彼女は違い過ぎる。立場も、過ごしてきた時間も、目指す先だって違うんだ。

俺は彼女を通してこの分野を知ったばかりの新人でしかない。そんな俺が、彼女と対等に話せるわけがないし、先達たちとのほうが会話が弾むことだって当然。

頭では理解しているのに、心がどうしようもなく暗くなって、よくない感情が芽生えてしまう。

ああ、俺は今、鰐さんに嫉妬しているのか。

「浮かない顔をしているね」

「え、鰐さん？」

いつの間にか、俺の隣に鰐さんが立っていた。周囲を見回すけど、向日葵の姿は見当たらない。

「彼女なら奥のケージの子たちに餌やりをしているよ」

「あ、そうですか……」

「あまり楽しめていないかな？」

「いや、そんなことはまったく！　いろいろ見られて楽しかったですよ！　すごく！　ちょっと疲れているだけです」

「そうかな？　疲れているというより、悩んでいるという風に見えたけど？　さっきも、俺たちのことを見ていなかった？」

「……」

鰐さんは俺の視線に気づいていたらしい。俺は目を逸らし、下を向きながらぼそりと呟（つぶや）く。

「見ていたのは……楽しそうだなって思っただけですよ。向日葵も、鰐さんみたいに話が合う人と一緒のほうが、楽しいのかなって」

まったく、何を言っているのだろう。初めて会ったばかりの人に、嫉妬してしまった相手に……情けなくなる。

「なるほどね、そういうことか」

「え？」

鰐さんは腕を組み、何かに納得したかのように頷いていた。

「秀一郎君は社会人だったかな」

「はい。そうです」

「社会人と高校生、確かに悩みは尽きないだろうね」

「あ、いや……別に、俺と向日葵はそんな関係じゃ……」

「別に深い意味はないよ。ただ、どんな関係性であれ、立場の差はどうしたって影響してくる。その分、考えることも多くなる」

「……そう、ですね」

マネージャーという今の立場でも、社会人の男と、高校生の女の子という立ち位置に変わりはなくて、見る人が見れば誤解するかもしれない。

世の中は年齢の差よりも、肩書の差が明確である方がわかりやすい。社会人と学生は、その点で嫌な注目を浴びるだろう。

俺たちはとっくに、そういう見方をされてしまっている。だからパパ活と間違えられて、彼女が危険な目にあった。

俺だけの問題じゃないし、彼女だけの問題でもない。しいて言えば、お互いの将来に関わる問題だった。

「君が悩んでいるのは、向日葵ちゃんとのことだね？」

「……そうですね。このまま……今のような関係が続いて、本当にそれでいいのか。考えてしまいます」

「うん、気持ちはわかる。世の中は難しいからね。で、君自身はどうなんだい？」

「え？」

俺は俯いていた視線を上げて、鰐さんのほうへ向く。彼は真剣に、ちゃかすこともなくただまっすぐ俺を見てくれていた。

「君自身はどうしたい？　今の関係、それ以外の関係、どうなりたい？　納得はしているのかい？」

「それは……」

数秒考えて、自分の胸に手を当てながら答える。振り絞るように。

「わかりません」

自分でもわからなかった。自分がどうしたいのか。何がしたいのか。彼女とこの先……どこへ行きたいのか。

ハッキリと自分の気持ちを言葉にすることができなくて、無性に情けなく思う。そんな俺の肩を、鰐さんはトンと叩いて言う。

「社会人になると、考えることが増えて大変だね。学生の頃よりもずっと、いろんな柵も増えてしまうから」

「……はい」

「野生動物の世界にもいろんな柵はある。人間は特に柵が多い生き物だ。なまじ理性があるから、いろんなことを考えなくちゃならない。俺も昔はよく悩んだ。いっそ、動物に生まれたらって思ったこともある」

「俺も、思ったことがありますよ」

動物に生まれたら、勉強したり、仕事をする必要もなく、もっと自由に生きることができたのに……とか、誰だって一度は思うだろう。

けれど、俺たちはもうとっくに、人間として生まれて、人間としての生を歩いてきた。

今さら変えられないし、思うだけ時間の無駄だと諦めた。

「確かに動物のほうが自由に見える。けど、人間だからこそやれることは多い。自由の幅だって、人それぞれで変わるからね。何より、人間にしかない特別な力がある」

「特別な力……？」

「そう。生きていれば柵は尽きない。人であれ、動物であれ、なんの柵もなく生きることはできない。君の悩みもそんな柵の一つだろう？」

その通りだ。俺が悩んでいるのはきっと、人間社会だからこそ考えずにはいられないこと。人間だからこそ、知性があり、理性があるからこそ、顔すら知らない他人の視線すら気にしないと生きていけない。

柵だらけで、なんて窮屈な生き物なのだろう。

「だけどね？　その柵に意味を見出せるのは、この世界で人間だけなんだよ」

「――！」

「君の悩みも、その柵にも、向き合うことで意味は生まれる。どんな意味を見出すかは、君たち次第だ」

「俺たち次第……」

俺は自分の手を眺めながら、鰐さんの言葉を心の中で繰り返す。鰐さんは豪快に、力強く大きな手で、俺の背中をトンと叩く。

「盛大に悩むんだな！　それも青春って奴だ。俺たち人間にしか、味わえないぞ」

「……はい」

鰐さんが店の奥へと去っていく。その大きくて優しい背中を見つめながら、俺は小さくお辞儀をする。

「まったく、くだらないことで悩んでんじゃないわよ」

「ワニ姉さん」

鰐さんがいなくなったことで、水槽からワニ姉さんの声が聞こえた。姉さんは寂し気に、ため息をこぼしながら、去っていった鰐さんの方向を見つめている。

「ワタシはご主人様と番になりたいと……どれだけ願ってもできない。この気持ちを、伝えることすらできないのよ」

「それは……」

勇気が足りないとか、そういう問題ですらない。勇気を出すことすら無意味なほどに、両者の間には深い溝がある。

ワニ姉さんは、自分の想いが一方通行であり、決して届くことはないと理解している。

「でも、あなたは人間で、あの小娘も人間じゃない。ワタシに比べたら全然大したことない。悩む必要すらないわ」

「……ははっ、そうだな」

ワニ姉さんに比べたら、俺の悩みなんて大したことはない。まったく情けない。彼女と出会った時、俺は知ったはずじゃないか。

この世界は広い。自分が想像するよりも何百倍も広いんだ。俺の悩みなんて、世界から見たら小さな問題でしかない。

悩むことすら馬鹿らしくなるほどに。

そうだ。いい加減、この気持ちに……俺の中に芽生えている新しい感情にも、名前を付けるべきなのだろう。

社会人だからとか、高校生だからとか、そういう建て前は一先ず置いておこう。自分の胸に手を当てて、ただまっすぐに、この感情と向き合う。

「俺は……彼女に惹かれているんだな」

出会った時からずっと、彼女の言葉に励まされ、笑顔にときめいて、生き方に勇気を貰っていた。

この感情は好意だ。俺は彼女に……高葉向日葵に好意を抱いている。いいや、抱き始めていることを、今、自覚した。

「はっ、なんか、逆にスッキリしたな」

認めてしまえば楽になる。

あとは、どうやって向き合うのかを考えよう。俺だけじゃない。彼女自身が幸せになれる未来を考えよう。

その未来に、もしも自分の居場所があるのだとしたら……きっとそこが、俺の人生にとっても幸福な居場所になると思うから。

この柵こそ、この悩みこそ……俺にとっての恋なのだろう。

第五章　心に糸を垂らすように

出勤前の時間。

慌ただしくもあり、いつも通りでもあり、ある種一番自分を見つめることができる時間。

今日は何をしようか。何が待っているのか。予定を確認したり、その予定が終わった後のことを考えたりする。

一年前の今日は、きっと会社のことや仕事のことばかりを考えていた。夢中になっていたというより、それしか考えることがなかった。

今は違う。

朝食を食べながら、歯を磨きながら、服を着ながら俺は待っている。

向日葵：おはようございます！

「――来た」

通知が来た瞬間、俺の手はスマホ画面に吸い寄せられるように動き、それまでやっていた出勤の準備を止める。
秀一郎：おはよう！　そっちはこれから学校だよね？　今日も頑張って。
向日葵：はい！　お兄さんもお仕事頑張ってください！
秀一郎：ありがとう。今夜も向日葵の家で大丈夫だった？
向日葵：大丈夫です！　待ってますね！

互いを励まし合い、放課後、退勤後の予定を合わせる。まるで恋人同士のように見える会話だが、俺たちはそういう関係じゃない。

俺は二年目の社会人で、彼女は高校二年生の女の子だ。

本来ならば交わることも、関わることもなかった相手……世間体を気にするなら、今すぐにでも離れたほうがいいかもしれない。

けれど、俺にはもう無理みたいだ。

俺は知ってしまった。自分の心の奥底に芽生え始めていた感情を。その感情の名前がわかった今、離れることを望まない。

俺は彼女に惹かれている。これは紛れもなく好意であり、たぶん恋愛感情に近い。曖昧なのは変わらなくて、自分でもまだハッキリとはわからない。

彼女のことは大切で、尊敬もしていて、困っているなら助けたいと思う。

好意ではあるけれど、男女の仲になりたいかと問われたら、すぐにそうだと答えるまでには至らない。

きっと、どうしようもなく立場や社会のことを考えてしまうからだ。俺だけの問題じゃなく、彼女自身の将来にも関わる。

それでも尚(なお)、この好意は本物で、恋愛感情に近いものだとは思うようになった。

俺はスマホを置き、身支度を再開しながら悶々(もんもん)と考える。

「高校二年ってことは今年で十七歳だよな？　俺は今年で二十四……七歳差か」

小学校時代すら一緒になる期間がない。彼女が小学校に入学する頃には、俺は中学生になり、彼女が中学に入る頃には、俺はもう大学生だ。

青春のほぼ全てを、別々の時間、別々の場所で過ごしている。奇跡とも呼べるきっかけがなければ、俺たちは出会うことすらなかっただろう。

だからこそ、あの日出会えたことに多少の運命を感じてしまうのも仕方がない。と、自分に言い訳をする。

「光海には違うって言い張ったんだけどなぁ」

女性のことは女性に相談、なんてことも軽々しくできない。彼女にこれを話したら、きっと変態とかロリコンとか不名誉な言葉をかけられる。

せっかく元の職場に復帰できたのに、変な噂(うわさ)が流れても困る。何より、向日葵自身が嫌な視線にさらされてしまう。

この気持ちは自分自身の中に留めておこう。もしも外に出す機会があるとすれば、本人に伝える時だろうか。

俺は身支度を整えて、いつも通りの時間に会社へと向かった。

「お疲れ様でした！」

定時になり、俺は仕事を終わらせて帰宅の準備をしていた。今夜も向日葵と集まる予定がある。

残業で彼女を待たせてしまって以来、昼休みを有効に使ったり、仕事はより効率的に終わらせて、できるだけ後に仕事を残さないようにしている。

部署の先輩たちは優しいから、俺が先に帰ろうと気にしていない。先の件でいろいろあったから、気を使ってくれているだけかもしれないが、ありがたい限りだ。

「櫻野君」

「何？　光海？」

「……もしかして、今夜もあの子と予定？」

「え、ああ、うん。打ち合わせがあるんだ」

同期の光海は俺が向日葵のマネージャーをしていることを知っている。上司には副業に当たるかもしれないから報告はしていた。

先輩たちは知らないだろう。顔出しをしたのは向日葵だけで、マネージャーの俺は姿を見せていないから。

「ふぅーん、打ち合わせねぇ」

「な、何？」

「なんでもないわよ。また勘違いされないように注意することね」

「ああ、わかってるよ。今日は外を出歩くわけじゃないし、迷ったりしないから大丈夫」

「……そういう意味じゃないわよ」

光海は呆れたようにため息をこぼし、自分のデスクへと戻っていく。彼女の仕事はもう少しかかりそうだった。

手伝おうか、と声をかけようか迷ったけど、彼女のことだから必要ないと断るだろう。俺より責任感のある人だから、自分の仕事は自分でやると。

俺も今以上にしっかりしよう。やると決めたことを最後までやりきるために。

「次のコラボ先が決まりましたよ！」
「本当か？　いつの間に」

向日葵の家で打ち合わせ。その前に向日葵が夕食を作ってくれて、一緒に食べ終わり、今はキッチンで皿洗いをしている最中だった。

洗ったお皿を一緒に拭きながら、向日葵は続けて言う。

「ちょうど昼頃にメッセージがあったんです！」

「仕事用のメールアドレスじゃなくてアプリのほうか」

「はい！」

それなら俺が知らないわけだ。

マネージャーになってから、仕事用の連絡先を管理しているのは俺だったりする。どういうシステムかイマイチまだわかっていないけど、案件が来た時は俺が対処できるように。

元々彼女は仕事用の連絡先を分けていなかったから、今まで交流があった同業の人からは、彼女のチャットアプリに連絡が来ることがあるみたいだ。

「それって、前に話してくれたコラボ先候補のもう一人？」

「そうです！」

ってことは『じゅえりー』チャンネルのほうか。

事前に内容はチェックしているけど、主に釣りをして、釣った魚を料理している動画が多かった。

鰐さんと同様に今の向日葵よりも登録者数はずっと多い。じゅえりーさんのほうは同じ女性で、そのビジュアルは中々男性の心を摑む(つか)というか……大人の魅力を感じた。

「コラボの日程とかはもう決まってる？」

「はい！　今週の土曜か日曜、どっちかでお願いしたいそうです」

「土日か。俺はどっちでも空いているけど」

「私も大丈夫です。次の日のことを考えるなら土曜ですね」

「それがありがたいな」

俺も向日葵も、月曜からは通勤通学で忙しくなる。撮影内容にもよるけど、夜遅くまでかかるなら、次の日は休みが好ましい。

「コラボの内容はどうする？　やっぱり釣り？」

「そうですね。場所と時間はこれから相談しようと思っていました。お兄さんを含めた三人のチャットグループを作るので、そこで話しましょう」

「わかった。そのほうが手っ取り早いな」

ちょっと前まではメールか電話が連絡手段の上位だったのに、今はアプリでメッセージが気軽に送り合える。

いい時代になったものだなと、まるで年寄りみたいなことを思いながらスマホを眺める。

このスマホだって、普及する前は折り畳みの携帯電話が普通だったし、俺も初めて手に入れたのはガラケーだった。

今の子たち、向日葵の世代は最初からスマホを使っていて、携帯電話のことを話しても通じないだろうな。

「結構あるよな。時代の違いって」

「はい？　どうかしましたか？」

「なんでも。コラボ、楽しみだな」

「はい！」

花が咲いたように笑う向日葵を見て、じゅえりーさんとのコラボを心から楽しみにしているのが伝わった。

今さらながら興味を抱く。どんな人なのだろう。鰐さんの時と違うのは、相手が女性だからだろうか。

我ながらわかりやすいな。

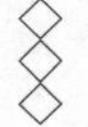

あっという間に時間が過ぎて週末に入る。

俺は大きめのレンタカーを借りて、向日葵が住んでいるマンションの前に停めた。それから向日葵と一緒に道具関係を積み込み、最後に二人が乗り込む。

俺は運転席、向日葵は助手席に乗り、シートベルトを締める。

「運転よろしくお願いします！」

「おう。任せてくれ」

とか言いつつ、運転するのは久しぶりだったから少し緊張している。都内で仕事をしていると電車がメインの移動手段だ。

埼玉も東京と比べなければ十分栄えているほうだし、幸い家の近隣に必要なお店は全部そろっていたから、車を使う意味がなかった。

免許を取ってからまともに運転していた期間なんて一年未満だ。そう考えると緊張しかしないが、格好悪いので表には出さない。

あくまで慣れている感じで運転しよう。幸い、都心とは逆方向へと向かっている。交通量もそこまで多くはないから、久しぶりの運転には易しいな。

「お兄さんが運転できて助かりました」

「釣り道具は重たいからな。それに今回はちょっと遠いし」

「そうですね。私も普段は行きません」

コラボ場所として指定されたのは、埼玉の西部をさらに越えた先、秩父（ちちぶ）地域だった。その名の通り、秩父市内を目指している。

高速道路も途中までしかなくて、さいたま市の大宮付近から、車で二時間ほどかかる距離だ。

「じゅえりーさんも車で来るのかな？　あそこ交通の便が悪かったはずだけど」

「そうだと思いますよ。事務所の人が運転してくれるんだと思います」

「ああ、そっか。事務所に所属しているのか」

ヨーチューブで活動している方々の中には、どこかの事務所に所属していて、チャンネルの運営や動画撮影など、事務所と協力して行っている場合もある。

詳しくは俺も知らないけど、じゅえりーさんも事務所に所属しているらしい。

「もし可能なら、事務所の人とも話してみたいな。マネージャーって、結局何からやればいいのかイマイチわかってないし」

「どうでしょう、事務所の人とは話したことがないので。撮影しているので一緒にはいると思いますけど」

「タイミングがあれば聞いてみるか」

「ですね！」

ふいに無言の時間がやってくる。二人きりだと必ず、どこかのタイミングで会話が途切れて静かになる。

そんな時、よりお互いの存在を感じて、意識し始める。

改めて思うと、助手席に女の子を乗せて運転するのはこれが初めてだった。俺にとっての初めてが向日葵……なんて、思っていることがバレたら気持ち悪いと思われそうだな。

「初めてです」

「え？」

「こうやって誰かに運転してもらって、遠くへ行くの。助手席に乗ったのも、お兄さんの運転が初めてです」

「――そっか。俺も、助手席に女の子を乗せたのは、向日葵が初だ」

「じゃあ一番乗りですね！」

「ははっ、なんだそれ」

向日葵はずるいな。俺が言葉にするのを躊躇(ためら)ったことを、すんなりと表現してしまう。

嬉(うれ)しさに顔がニヤケてしまいそうだ。

車を走らせ二時間と少し。

途中に休憩を挟みながら安全運転を心掛け、予定時刻よりも二十分ほど早く目的地付近に到着した。

山と川、そして畑と民家が少々。

道は思っていたほど狭くはなく、交通量も意外とあったりして、途中までは人が住んでいる街だな、という印象があった。

山へ近づくにつれ、徐々に通り過ぎる車も減ったし、道を歩いている人の姿なんて一切見かけないようになる。

さすが埼玉の中でも田舎(いなか)だ。

「この辺りに駐車場があったはず……」

「どこでしょうね」

見る限り駐車場らしきスペースは、あるにはあるのだが、俺が想像しているようなパーキングではなかった。

もしかしてここ？

ただの砂利が敷かれているだけで、白線も仕切りもないんだけど……一応他に車が数台停まっているし、ここでよさそうだ。

「運転お疲れ様でした」

「ありがとう。荷物を降ろそうか」

「はい！」

車から釣り道具や撮影に使う道具を降ろし、予め準備をしてから合流地点に向かう。この駐車場の小道を下ると、その先は荒川の上流部だ。

現地集合、待ち合わせ……街中で何か目印を決めて待っているのとはわけが違う。大自然を感じながら、俺たちは下り坂になっている道を下る。

「じゅえりーさんたちはもう到着してるって？」

「はい。さっき連絡がありました」

こういう時、初対面でも動画で顔を知っているから安心できる。緊張こそするが、イメージが湧きやすい。

動画内でのじゅえりーさんはアグレッシブでユーモアのある人、というイメージだった。

チャットグループでの話では丁寧な文章を打っていたし、プライベートは大人しい方なのかもしれない。

そんな想像をしながら、俺たちは川辺へとたどり着く。見渡す限りの大自然、目の前には川が流れている。

「あれ？」

「いませんね」

これだけ広くわかりやすい場所だ。人がいればすぐわかると思ったが、それらしい人物の姿はなかった。

二人してキョロキョロしながら川辺に近づいていく。

「ひょっとして場所間違えたか？」

「そんなことはな――！」

「向日葵⁉」

「残念やったな！　あたしはこっち！」

気配もなく後ろから、向日葵に誰かが抱き着いていた。この声は知っている。事前に動画で何度も聞き直したから。

風が吹き、長い髪がさらっと靡（なび）く。

ビックリしている向日葵の横顔に、もう一つ女性の顔がちょこんと肩に乗るような形で顔を出した。

「先生！　ビックリしましたよ！」

「あははは っ、ごめんごめん！　相変わらず反応が可愛いなぁ、向日葵は」

楽しそうに笑いながら、彼女は向日葵の背中から離れる。改まって二人は顔を見合わせ、挨拶を交わす。

「こんにちは、先生！」

「うん、こんにちは。半年ぶりくらいやね」

「はい！　遠いところからわざわざ来てもらってありがとうございます！」

「ええよええよ。あたしのほうからコラボの話したし」

彼女がじゅえりーさん、今回のコラボ相手であり、向日葵にとって彼女は、釣りを始めとしてこの業界の知識を教えてくれた師匠のような存在らしい。

向日葵が動画投稿を始めるようになったきっかけも、じゅえりーさんが助言してくれたからだと、向日葵が車の中で教えてくれた。

つまり、向日葵にとっての大恩人だ。

普段は関西に住んでいるらしく、こっちに出てくることは珍しい。二人は半年ぶりに顔を合わせて嬉しそうだ。

ふと、じゅえりーさんの視線がこちらに向く。

「そっちのお兄さんは初めましてやね？」

「は、はい。打ち合わせの時はお世話になりました。櫻野秀一郎、彼女のマネージャーを

していますｊ

俺は丁寧に自己紹介をしてお辞儀をする。すると、じゅえりーさんはまじまじと俺のことを見ながら言う。

「うーん……思ってたより普通の人やね。変な人じゃなさそうで安心したわ！」

「え？　まぁ、普段は会社員ですからね」

「そうなん？　珍しいな！　なんかこの業界って変にインパクトある人多いやろ？　てっきりそういうタイプかと思ってたわ」

「そうなんですね」

俺は脳内で、筋肉ムキムキでクルミやスイカを手刀で粉砕する鰐さんのことを想像していた。まさかと思うが、この業界の普通ってあれじゃないよな？

「あと若いよね？　いくつぐらい？」

「今年で二十四ですね」

「へぇ～。まだまだ社会人でも新人側やん。忙しいんじゃないの？」

「そこそこですよ」

「優秀そうな感じ、何かムカつくわ」

「え？」

「あっはははは っ！　冗談じょーだん！　君もあれやね？　向日葵とおんなじでからかうとおもろいね！」

じゅえりーさんは楽しそうに笑い、その声は周囲に反響して山彦のように聞こえていた。

なんだか想像していたよりも明るくて、人当たりのいい人みたいだ。変に気難しい人じゃなくて逆によかった。

あと気になるのは、これもう撮影は始まってるのか？

さっきから俺たちのやり取りを、思いっきりカメラで撮っている人がいるんだが……。

「あの、俺はマネージャーなんで出演はしませんよ？」

「えぇもったいない！　せっかく向日葵が顔出ししたんやろ？　だったら唆した君も一緒に出てあげればいいやん！」

「唆か——！」

あながち間違っているわけじゃないから強く否定できないな。きっかけは別として、提案したのは俺だったわけだし。

でも会社のことがあるし、もしも部署の人に知られたら、変な噂が流れるかも……。

「先生！　あまりお兄さんを困らせるのは……」

「ん？　別にそんな強要する気はないよ？　嫌ならモザイクかけるから安心して？」

「まぁ、それなら」

顔さえ見えなければ、声だけで俺だと気づく人は少ないだろう。どうせ俺と向日葵は一緒に行動する。俺だけをカメラから外して撮影するのは面倒だよな。

「そーれじゃ！　さっそく始めよか？」

今回のコラボ内容は、川で鯉を釣って一緒に食べよう、というものだった。鯉は比較的どこにでも生息している。

俺も小さい頃、近所の用水路で鯉を見つけてつついたり、網を持って追いかけ回したりした記憶が、あるようなないような……。

どちらかというと、そんなことをして遊んでいる子を見ていたことが多かった気がする。

俺たちが釣り竿を準備していると、じゅえりーさんが気さくに話しかけてくる。

「えーっと、秀一郎君やっけ？」

「はい」

「釣りは初めて？」

「そうですね。ちゃんとした釣りは全然してきませんでした」

「そんじゃよく川辺で遊んだりしとった？」

「いや、そういうわけでも……インドア派だったので」

「へぇ～。向日葵、ホンマにこの子がマネージャーで合ってるんよな？」

「もちろんですよ！」

「ほーん……ようこんな普通の奴捕まえてきたなぁ」

じゅえりーさんは呆れと感心が半々といった感じの反応を見せる。気持ちはとてもわかってしまう。

俺みたいにこっちの業界に何のゆかりも、元は興味もなかった人間が、いきなり向日葵のマネージャーをしている。

以前から向日葵と交流がある人間にとっては、余計に疑問だろう。

「まっ、男手があるのは助かるし便利やと思うし、今日も頑張ってもらうで？」

「はい。よろしくお願いします」

「そう硬くならんでええよ。大人同士、仲良くやってこうな！」

彼女は豪快に俺の背中をドンと叩いてきた。鰐さんにも背中を叩かれたけど、その時と似た感覚がある。

なんというか、もう雰囲気で伝わる。頼りになるお姉さんみたいな感じがする。明るいところは向日葵とよく似ている気がした。

「さてと！　餌付ける前に鯉がいるか確認しよっか。いなかったら釣り場所変えなきゃいけなくなるし」

「そうですね」

「はい！」

俺たちは準備した釣り竿を一旦置き、川辺に近づいて水の中を観察する。俺が持っている荒川のイメージは、一言でいえば汚い、だ。

失礼かもしれないが、東京近辺を流れる川は、大抵汚くて臭いというイメージがある。

そこで生息している魚にも、川の臭いがついていそうで、ちょっと躊躇する。

鯉はどこにでもいるのに、わざわざ上流に近い場所を選んだのは、食べること前提で釣りをするからだ。

向日葵曰く、そこら辺の用水路とかにいる鯉は、捕まえても臭くて食べられないらしい。

その話通りなら、一回は食べたことがあるってことだよな？

「綺麗ですね、やっぱり」

「上流に近いしね。ま、所々中途半端に人の手が加わってるみたいやけど」

川辺の数か所はコンクリートで補強されていた。おそらくは崩れてしまって危険な場所を固めているのだろう。

大自然の中に人工物があるとすごく目立つ。ある意味目印になるし、迷った時に覚えておくと便利かもしれない。

それから足場としても有用だ。砂利の上とか、ぬかるんだ地面は不安定で危険だから、コンクリートの上から釣り糸を垂らすほうが安全かもしれない。

ちょっと高さがあるから、落ちたら上がるのも大変そうだけど。流れは比較的緩やかで、水の中もよく見える。

「あ！　見てお兄さん！」

「ん？　おお！」

向日葵に服の袖を引っ張られて、彼女が指をさす方向に視線を向ける。石が積み上がって山を作り、雑草が生えている横に動く魚影があった。

「あれ鯉ですよ！　しかもでかいです！」

「こっちもおった！　餌付けて早く垂らさな！」

「ですね！」

二人は急いで準備を始める。鯉を釣る時の餌は色々あるが、今回は食パンを用意していた。食パンをちぎって丸めて、いい感じの大きさにする。

それを針の先につければ準備万端。これで釣れるのかと疑問に思ったが、鯉の餌に食パンは結構有名らしい。

俺は全然知らなくてビックリした。

「ほいっと」

先にじゅえりーさんが釣り竿を振り、糸を垂らす。数秒遅れて向日葵も釣りを開始する。

ここからは針にかかるまで待つ。俺もカメラを構え、二人が並んで釣りをしている風景を撮影する。

じゅえりーさん側のカメラマンが映らないように、お互いに位置を気にしながら撮影するのは結構難しい。

「釣りって糸たらしてすぐは集中するよね」

「そうですね」

「動画撮っとるわけやし、なんかしゃべろうか。向日葵、何か最近いいことあった？」

「いろいろありましたよ」

「いろいろかー、例えば？」

「顔出しするようになりました！」

「それはおっきな変化やね。おかげでコラボできるようになったしな！」

「はい！」

二人は和やかに会話しながら鯉が餌を食べるのを待つ。釣りは待っている時間のほうが長く、動画を撮っても使えるシーンが極端に少ない。

後で編集どうするか考えないといけないな。

「ま、どうせ全部は使わへんし、ぶっちゃけ気になってるから聞くけどな？　そこのカメラのお兄さんはホンマにただのマネージャーなん？」

「え？」

「実はあれやないん？　向日葵の彼氏やったり」

「ち、違いますよ！　お兄さんと私はそういう関係じゃ……」

「そうなん？　にしては動揺してるやん。あんま揺らすと鯉が逃げるよ？」

「あ、はい。ごめんなさい」

なんて会話をしているんだ。カメラ役で声が入らないように、俺はじっと口に出そうになった言葉を飲み込んでいる。

向日葵は顔を赤くして、カメラから、というより俺のほうから視線を逸らしていた。このシーンは使えないな。

「じゅえりーさん、プライベートな話は動画にできないんで、後にしてください。向日葵も困ってます」

「ん？　それもそうやな。てか、カメラマンがしゃべっちゃアカンで」

「どうせここ使えませんから」

「じゃあ秀一郎君に聞いてもええ？」

「ダメです。動画に集中してください」

「真面目(まじめ)やな〜。お！　食いよった！」

じゅえりーさんの竿に先に当たりが来る。竿先がぐわんと曲がり、彼女の両手に力が入っているのがわかる。

「かかった、かかった、かかったぞー！」

「――！　私もきました！」

少し遅れて向日葵の竿も動く。竿先の曲がり方がほぼ同じで、彼女の腕の筋肉が頑張って膨れ上がる。

二人は餌に食いついた鯉を引っ張りあげようとするが、中々の重量に苦戦している様子だった。

「ちょっと待って、これ重っ！　釣り上げるの無理ちゃう？」

「けっこうきついですね」

じゅえりーさんも大変そうだが、子供で身体(からだ)も小さい向日葵は余計に大変そうで、力をいっぱいに振り絞り、顔が赤くなっているのがわかる。

「やばいわ。この先のことなんも考えてなかった！」

「わ、私もです」

（大丈夫なのかこれ……最悪向日葵のほうは俺が手を貸して一緒に釣り上げる？）

「ちょっと待ってな？　網がある。網で引きあげ……ちょっとどこいく？」

じゅえりーさんのほうにかかった鯉はよく動くみたいで、彼女が鯉の動きに合わせて左右へ移動していた。

網は用意しているけど、長さはギリギリだしサイズ的に入るだろうか。俺の視点からだと微妙だった。

「ホンマに待って？　仲良くしよな？　な？　ちょっと！」

（鯉に話しかけてる……）

動画でも見たじゅえりーさんがそのまま目の前にいる。明るいだけじゃなくてユーモアがあって、見ていて面白いな。

向日葵の動画も面白いし好きだけど、じゅえりーさんの動画や光景は、彼女とは違った魅力がある。

「あーもういいわ！　直接とったろ」

（え？）

じゅえりーさんは諦めて、コンクリートの上でしゃがみ込み、そのまま水面に向けて足を伸ばす。

釣りあげるのが困難だからって、まさか普通に入ろうとするか？

「冷たっ！　でも浅いしギリいける！」

（ワイルドだなぁ。ちゃんと入る前に棒で深さを確認していたし、流れも緩やかだから気をつければなんとかなるのか？　問題は……）

向日葵のほうだ。

彼女も頑張ってはいるけど、釣りあげるのは難しそうに思える。幸い、じゅえりーさんにかかった個体よりも大人しくて、引っ張られることはなさそうだ。

「こ、ここからどうしよう……」

「きつそうやね？　手貸したいけどこっちも大変、そうやん！　ちょうどいいのおるやんそこに！」

「……え？」

じゅえりーさんの視線が俺に向けられていた。ちょうどいいのって……まさか、俺のことじゃないよな？

「そこのマネージャー！　あたしらのアイドルがピンチやで！」

「あ、アイドルって何ですか！」

やっぱり俺のことだったかぁ……。

向日葵に視線を向ける。かなりきつそうで、じゅえりーさんの声に反応はしているけど、こっちを向く余裕もない。

　このままだといずれ限界がきて、せっかく食いついた鯉を諦めることになる。

「仕方ないな」

　俺はカメラをコンクリートの安定した部分に置き、川の様子が見えるように手早く調整した。靴と靴下が濡(ぬ)れるのは仕方ないとして、ズボンの裾はまくっておこう。

「お兄さん！」

「大丈夫。向日葵は竿に集中していて」

「はい！」

　俺はじゅえりーさんと同じ位置から川の中に足を入れる。わかっていたけど触れる瞬間は特に冷たい。

　じゅえりーさんがこっちだと手招きしている。どうやら二匹とも、同じような場所を泳いでいるようだ。

「逃げる前にはよ！」

「これ網とか使わないんですか？」

「網は置いてきた！　手で行こう手で！」

　じゅえりーさんは糸を手で手繰(たぐ)り寄せて、鯉を自分の足元まで上手(うま)く引き寄せている。

　俺も真似(まね)て同じように、釣り糸を掴んで手繰り寄せる。

「うわ、思ったよりでかい」

「大物やん！　せっかくやし食べるのはそっちにしよか。こっちも釣り上げるけど、ってどこ行くん！　そっち深いやん！」

引き寄せていた鯉が頑張って逃げようと必死に泳ぎ、川の奥の方へ向かおうとしていた。

「ちょい秀一郎君！　そっち行かんように通せんぼして！」

「え、どうやって？」

「なんでもええから暴れて！」

「暴れる!?」

水に両脚突っ込んで暴れるとか、それは無茶じゃないか？

とにかく俺も向日葵の鯉が逃げないように注意しつつ、じゅえりーさんの鯉がこれ以上奥へ行かないよう、先回りしてゆく手に足を伸ばす。

「これでどうだ！」

「ナイス！　って！　今度はこっちかい！」

「そこは足が届かないですよ！」

「伸ばせば届くやろ！　ゴムのようにびよーんて！」

「俺は海○王目指してないんですよ！」

なんだろう、このわちゃわちゃした感じ。童心に返ったような、子供の頃の何をしても楽しいと思えた純粋さを取り戻したような。

今、この瞬間が楽しくて、自然に笑みがこぼれた。

「はい逃げなーい。いい子いい子ぉー、よしとったぁ！」

じゅえりーさんが水の中に手を突っ込む。暴れる魚のエラに指をひっかけ、摑むようにして持ち上げた。

豪快に、昔テレビで見た無人島生活の芸人のように、釣り上げた……というか捕まえた鯉を高々と上げる。

「そっちもほら！　早くしないと向日葵がおっこちる！」

「あ、そうだった。えっと」

見様見真似だ。じゅえりーさんがやっていたように、鯉のエラに指をかけて、腹の部分から摑むようにして、持ち上げる。

「とれた！」

「よっしゃナイス！　向日葵！　君のマネージャー君が頑張ってくれたで」

「見てました！　ありがとう、ございます」

ずっと釣り竿に力を込めていた向日葵が、やっと両肩を休めることができた。よほど重かったのだろう。珍しく息を切らしている。

「今度は登らないといかんやん」

「え、わかってなかったんですか？」

「後先考えてへんかった。これ高さ的によじ登るのきつそうやなぁ」

「俺ならギリギリですね」

「ホンマ？　じゃあ先に上がって、あたしを引っ張り上げてくれへん？」

「了解です」

これもし一人で来ていたらどうするつもりだったんだろうか。カメラマンさんに頼んでいたか。

とりあえず俺が先にコンクリートの壁をよじ登り、その後でじゅえりーさんに手を差し出す。

「どうぞ」

「ありがと」

俺が手を引き、じゅえりーさんが壁に足をかける。滑って危ないから慎重に、なるべくゆっくり急がずに一歩ずつ上がる。

最後の一歩、両足がコンクリートの地面についたところで安堵し、お互いに気を抜いてしまった。

「あ!」

「おわっと!」

コントみたいにお互い濡れた地面で滑って、じゅえりーさんは前に、俺は後ろに倒れ込んだ。

「大丈夫ですか! 先生、おに——!」

「うっ、いったー。あたしは平気。秀一郎君は……あ」

「……」

俺は声を出せなかった。驚いて言葉がでないとかじゃなく、意識もハッキリしているけど、口が塞がっていた。

俺が後ろに、彼女が前に倒れたら、どういう姿勢になるか想像するのは簡単だろう。そう、俺が彼女に押し倒されているような感じになった。

そして俺の口を塞いでいるのは、彼女のビジュアルである種、男なら絶対に注目してしまうであろうポイント。

「おーっとごめん。大丈夫やった？」

「……ダイジョウブです」

「なんかイントネーション変じゃない？」

「キノセイです」

全然大丈夫ではなかった。これでも俺はまだ二十代前半の男で、当然のことながら女性を意識しやすい。

特にじゅえりーさんのように大人の魅力がある女性は、出会った時から気づいていた。変に意識しないように、あえてそこには注目しないよう注意していたのに。

ここにきて盛大に意識してしまう。

「お兄さん……」

「あ、向日葵」

このタイミングで顔を合わせるのはちょっと怖かった。心なしか、いつもより笑顔に陰があるような気が……。

「やっぱり男の人って、胸が好きなんですね！」

「かっ――違うから！」

「いいですよ。私には関係ないことですから」

「本当に違うって！」

「あっははははは！　青春やねぇ」

じゅえりーさんは面白がって笑っている。まったく誰のせいでこんな誤解を……と、思ったところで気づく。

今、向日葵はもしかして……嫉妬してくれていたのだろうか？

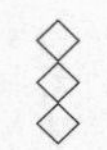

「はい完成！　鯉のしゃぶしゃぶ！」

「……いや、五分も煮込んだら普通に鍋じゃないですか？」

「細かいこと気にする男はモテへんよ？」

俺たちは鍋、ではなく鯉のしゃぶしゃぶを囲んでいた。

釣りは成功し、片方は逃がして向日葵が釣ったほうを持ち帰り、じゅえりーさんが関東での拠点にしている部屋に移動したのが一時間ほど前。

レンタカーもすでに返した後で、釣った鯉を美味しく食べよう、という動画の後半部分を撮影していた。

さっきまで調理風景を撮影していたが、さすが捌き慣れている。手つきが軽やかで、見ていて感心してばかりだった。

若い女性で魚を捌ける人は珍しいイメージがあるから、それだけでも凄いと思うし、普通に手際もよかった。さすが、向日葵の先生だ。

「そしたらまず、あたしからいただきまーす！　の前にこれ！」

じゅえりーさんは缶ビールを用意している。そういえば動画中でもよくお酒を一緒に飲んでいるシーンがあった。

未成年の向日葵の動画では決して映されることはない飲酒シーン。これがあるのも、ある意味コラボならではだ。

「ぷはー！　やっぱりこれやね！」

(美味しそうに飲むな～。お酒のCMみたいな絵が撮れそう)

「そんじゃいよいよ本命をー。いただきます！」

火が通った鯉の身を箸でとり、ポン酢につけて口へ運ぶ。見た目はすごくおいしそうだが、鯉ってどんな味なんだろう？

「――あ、骨。ビックリするくらい骨」

食べて初手の感想が骨だった。味じゃなくて骨のほうが気になるようだ。

「うん。身はぷりっぷり！　ちょっと川の味するけど気にならん。向日葵も食べてみ！」

「はい！　いただきます！」

続いて向日葵も、ふーふーと冷ましてから口へ運ぶ。

「骨凄いですね」

「やっぱそうやんな。ビックリするやろ？」

「はい。でも普通に美味しいですよ」

二人とも最初の感想が骨ってことは、味にそこまでのインパクトはないのか。興味の視線を向けていると、向日葵と視線が合う。

「お兄さんもどうですか？」

「え、でもまだ撮影中」

「そんなん気にしなくていいやん！　どうせ全部は使わんのやし。今日は秀一郎君も頑張ってくれたしな！　ほい！」

じゅえりーさんは俺に缶ビールを手渡す。まさかの箸じゃなくてそっちですか？

「いや、酒は……」

「なに？　飲めんの？」

「飲めますけど、向日葵もいるわけですし」

「私は気にしませんよ」

「って言ってくれてるやん。いいから飲も！　大人同士はこれで親睦を深めるものやん？」

それは会社とか集団の話では？

あと時代的にそろそろ飲み会とかの考え方も変わっているはずなんだが、とかツッコミを入れるより先に、じゅえりーさんが缶ビールを開けて、俺の口にねじ込む。

「ちょっ、う！」

「はい飲んだからもう関係ないね」

「……強引ですね。まぁでも、久しぶりに飲んだな」

「そうなん？　仕事終わりとかいかんの？」

「全然ですね。同期で偶に飲むくらいなので」

一口でも飲んでしまったら、もう気にせず飲み始めていた。俺が酒を若干拒んだのには理由がある。

一つはあまり強いほうじゃないということ。そしてもう一つ……酔っていた時の記憶が曖昧になってしまうからだ。

わかってはいたのだけど、思いの外話が弾んで、どんどん酒が入って、いつしか意識が微妙にふわふわしてきて……。

「それで……いろいろあったんですよ……会社には戻れたけど」

「へぇ、大変やったんやな。その話三回目やけどな」

「お、お兄さん大丈夫ですか？」

「ん？　へーきへーき。このくらいは大丈夫だよ」

うっとりと顔を赤くする秀一郎を、向日葵は心配そうに見つめている。赤いのはお酒が回ったせいで、明らかにしゃべり方やペースが普段と違う。

意識も曖昧で、もはや半分寝ているような状態だった。

「秀一郎君ってお酒弱かったんやね」

「私も知りませんでした。私の前では一度も飲まなかったので」

「子供の前だから気を使ってたんやろ？　真面目そうやし、意外やったな。本当はな？ちょっと警戒しとってん」

「え？」

じゅえりーは空き缶をテーブルに置き、落ち着いた雰囲気で話し始める。

「ゆーても高校生やん？　いきなりマネージャーができたって聞いて、しかも社会人の男やろ？　あたしみたく事務所でもないわけやん？　そりゃ警戒するやろ。何か悪いこと考えとるんやないかって」

でも、と彼女はウトウトしている秀一郎を見ながら続ける。

「普通の人やな。普通に優しくて、普通に真面目で、普通にいい子やった。やから安心したんよ」

「……ですね。お兄さんは優しいです。初めて会った時から、何度も私を助けてくれて……一緒にいると、安心します」

向日葵の口から出た言葉に、じゅえりーはニヤッと笑いながらまじまじと彼女の顔を見つめていた。

「な、なんですか？」

「青春しとるなと思って」

「べ、別に私とお兄さんはただの友達ですよ。それに……歳も離れているし、私より先生と話してるほうが自然な気がしました」

「そうなん？　でも嫉妬したやろ」

「――！」

図星を指された向日葵はビクッと身体を震わせる。

「嫉妬……なんでしょうか」

「違うん？」

「……わからなくて。ただ、モヤッとするときがあります」

「モヤッとね。じゃ、向日葵は秀一郎君のことどう思っとるん？」

「どうって……？」

「好きなん？」

「――――！」

ストレートな質問に意表を突かれ、向日葵は目をぱっと開いて驚く。すぐに返答は出せない様子だった。

「きゅ、急にそんなこと聞かれても……私、そういうのよくわからなくて……」

「初心(うぶ)やな～。じゃあ本人に聞いてみよか。せっかく酔っとるし」

「え、えぇ？」

「というわけで秀一郎君、君、向日葵のこと好きなん？」

酔ってウトウトし続けている秀一郎に、ストレートパンチな質問を投げかけるじゅえりーに、向日葵は動揺しまくりである。

「ちょ、先生！」

「大丈夫、この感じの酔い方は記憶飛んでるやつやから。今しかないで？」

「そ、そうなんですか？」

「人間酔ってる時のほうが本音出るしな！　で、どうなん？　好きなん？」

二人が注目する。動揺しながらも、向日葵自身も耳を澄ましていた。そしてぼそりと、秀一郎の口から本音が漏れる。

「わからない……ですよ」

「こっちもかい」

「わからない……でも、大切にしたいと思っています」

「――！　大切に……」

「そう、大切に……彼女が……心から笑っていられるように、少しでも……前を向いていられるように。俺にできることを……して、あげたいと……」

そう言いながら、秀一郎は限界がきてテーブルに顔を伏せる。微かに寝息が聞こえていて、揺すっても起きない。

「真面目か。ま、悪くない答えやったとは思う。大切にされてるみたいやん？」

「……はい」

向日葵は胸の前で自分の手を握る。

秀一郎の口から聞こえた彼の本音、自分に対する思いを噛みしめるように。秀一郎が優しいことは、すでに知っている。

真面目なことも、時々大胆なことをすることも、少しずつ時間を共にする中で、お互いに知っていく。

けれどその中で、彼が奥底に隠している本音に触れたのは、これが初めてだった。

「まだハッキリせん？」

「……はい。まだ、わからないんです。この気持ちが……そうなのか。そう思ってもいいのか」

「そう。なら、盛大に悩めばいい。急がなくてもいいんよ」

「急がなくても……いいんでしょうか」

悩む彼女の頭を、じゅえりーは優しく撫でてあげた。母親が子をあやすように、温もりを与えるように。

「ゆっくりでいい。悩むってことはな？　ちゃんとここに答えはあるってことやん」

じゅえりーは向日葵の胸に指をさし、軽く触れる。向日葵も彼女の指を、触れられている先にある心を意識する。

「あとは待てばいい。糸を垂らしてゆっくり待っていれば、いつか大物が食いつく。そん時に引っ張り上げるんや。釣りと一緒なんよ」

「待っていれば……」

向日葵は自分の胸に触れながら、わからずとも確かに感じる秀一郎への感情を探るように、そっと糸を垂らす。

「悩むことも青春やん。難しいなら一緒に探せばいいし、釣り上げるのも手伝ってもらえばいいんやで？」

「――はい！」

彼女は自覚し始めていた。自身の中に、秀一郎を想う気持ちが、特別な感情が生まれていることに。

答えが出るのは、大物が釣り上げられるのは、そこまで遠くない未来かもしれない。

第六章　家族になろうよ

夜十時過ぎになり、撮影後の片付けを終えた向日葵たちは、タクシーを呼んで自宅に帰るところだった。

秀一郎は未だにアルコールの影響でウトウトしており、歩ける程度には回復したものの、一人で帰るのは困難だった。

先に秀一郎をタクシーに乗せ、向日葵は見送りに出てきてくれたじゅえりーに挨拶をする。

「先生、今日はありがとうございました！」

「いいよいいよ。あたしも楽しかったし、コラボ動画、お互い楽しみやね」

「はい！」

「そっちの酔いどれは大丈夫そう？」

「うー……」

秀一郎には聞こえていなかったようで、唸り声みたいな返事が聞こえただけだった。

「大丈夫です！　私がちゃんと送り届けます。家も近いので」

「そう。やったら任せる。またね？　向日葵」

「はい！　またよろしくお願いします！　先生！」

向日葵もタクシーに乗り込み、二人を乗せたタクシーが走り出す。手を振って見送るじゅえりーは、今日の向日葵の様子を思い返す。

「いい風に笑うようになったやん」

彼女もまた、向日葵が抱える事情を知っている一人だった。向日葵の笑顔が、悲しい過去からくるものだと、彼女は知っている。

だからこそ、自然な笑顔が少しでも見られてホッとしている。願わくはこの先も、彼女が心から笑えるように。

そう、秀一郎が漏らした本音と同じことを、彼女も思っていた。

「頑張りや。期待してるで」

タクシーが秀一郎の家の前に到着する。その頃には秀一郎の意識も大分回復しており、普通に歩けるようにはなっていた。
「頭痛い……」
「大丈夫ですか？　お兄さん」

「ああ、うん。ごめん……今日はもう休むよ」

「はい。お部屋まで一緒に行きましょうか？」

「いや、大丈夫。向日葵も気をつけて」

「はい！　お兄さん、また連絡しますね！」

「ああ、また」

秀一郎は自分のマンションの中へと歩いていき、向日葵はそれを見送る。とぼとぼ歩く
秀一郎の背中が見えなくなるまで。

ようやく見えなくなって、向日葵もマンションに背を向け、自分の家に向かって歩き出
す。一人、静かな住宅街を歩きながら、ふと思い出す。

秀一郎の言葉を、お酒の力で表出された彼の本音を。

「……えへへ」

嬉しさを感じていた。自分のことを本気で、本心から大切に思ってくれていることが。

楽しいと感じていたのは、一緒の時間を尊く思っていたのは自分だけではなかったと知
り、次の機会を期待する。

次はどんな話ができるだろうか。何かを見て、何かを感じて、喜びを分かち合えること
ができるのなら……。

幸せだと、そう感じられるかもしれない。

「やっと帰ってきたのか、向日葵」

「――え」

運命というのは残酷なもので、天は健気に頑張っているものにも平等に、厳しい試練を与えてくる。

「……お父さん？」

乗り越えられるかどうかなど、天は考えてくれないのだ。

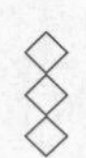

「……やっちゃったかなぁ……」

コラボ動画を撮った翌日、俺は正午に目覚めた。完全に二日酔いで頭が痛いし、身体もだるくて困っている。

いや、一番困っているのはそこじゃなくて、酔った後の記憶があいまいだということだ。

俺はお酒があまり強くない。飲めるけど、途中から記憶がなくなってしまう。だから普段は自重していたけど、つい楽しくなって飲み過ぎたらしい。

あれからどんな話をしたのか。なんとなく、向日葵に付き添われて家の前まで帰ってきたことは覚えているけど……。

「返信……ないなぁ」

向日葵に昨日のことを聞いているが、返信はまだない。とりあえず感謝と謝罪を伝えて、失礼なことをしなかったか確認中だ。

既読もついていない。まだ寝ているのだろうか。昨日はかなり動いたし、彼女も疲れているのだろう。

「まぁ最悪、明日までには返ってくるだろ」

三日後――

「……」

「櫻野君。この資料だけど……なんて顔してるのよ」

「え？　ああ、光海か」

「私で悪かったわね。寝てないの？　目の下、すごい隈ができてるわよ」

「まぁちょっと寝不足かな」

実際はちょっとじゃなかった。休み明けから一日の睡眠時間は二時間以下だ。まったく眠れていない。

理由は単純、あのメッセージの返信が、未だに来ていないからだった。

やっぱり失礼なことをしてしまったのか。まさかと思うが、彼女にセクハラ的なことをしたんじゃないか。

不安で仕方がなくて、布団に入っても落ち着かなくて、ずっとスマホ画面を見ていた。

あれから何度かメッセージして、既読はつくけど返信は来ない。

「これで嫌われてたら……どうしよ」

「……はぁ、もういいわ。シャキッとしなさいよ！」

「ああ、ごめん」

仕事はちゃんとやっている。集中できていない部分はあるけど、時間通りに帰宅して、いつでも彼女のメッセージに対応できるように。

今日も定時の数分後に仕事を終えて、俺はとぼとぼと帰宅する。最寄り駅で降りて、いつもより重い足取りでマンションまで歩く。

「まだ……来てないな」

何度もスマホ画面を見て、既読のついたメッセージを眺めてため息をこぼす。気づけば俺は自然と、向日葵が住んでいるマンションへと向かっていた。

「とりあえず謝ろう」

何をしたか覚えていないけど、これだけメッセージがないってことは、きっと最低なことをしてしまったに違いない。

このまま放置は絶対にダメだ。たとえ嫌われるにしても、一度謝った上で、それでダメなら仕方が……いや、きついな。

俺は彼女のマンションの前までたどり着いた。

「まず会ってもらえるかが問題だな。向日葵に嫌われたら……」

「ん？　今、向日葵って言ったかい？」

「え……」

突然見知らぬ男性に声をかけられた。俺が振り向くと、そこには明るめの髪をしたスーツ姿の男性が立っていた。

俺と同じ社会人なのは間違いない。雰囲気は若そうだけど、たぶん俺よりも年上の方だ。

それになんだろう。どことなく誰かに似ているような気が……。

「もしかして、うちの娘の知り合いかな？」

「娘……え！　向日葵のお父さん、ですか？」

「ええ、そうです。高葉健二（けんじ）。向日葵の父です」

「――――！」

これも運命というのだろうか。

彼女の話の中にだけ登場し、幼い彼女と母親を置いて去っていった父親。会うことはないだろうと、心の中で思っていた相手に……。

「君は？　見たところ学生というわけでもなさそうだけど……」

「あ、えっと、向日葵のマネージャーをしています。櫻野秀一郎です」

「マネージャー？　何の？」

「ヨーチューブの活動のです」

「ああ！　あのよくわからないヘンテコな動画のか！」

向日葵のお父さん、健二さんは笑っていた。その笑顔はどう見ても、彼女の活動を馬鹿にしているように見えた。

よくないな。初対面だけど、彼女の話を何度も聞いているから、初めから印象はよくなかった。おかげで今、少しずつ苛立ちを感じている。

「そうだったのか。マネージャーまで雇っていたなんて、意外と本格的だったんだね」

「……」

「まぁでも、その必要はもうないよ」

「──はい？」

「あれ？　聞いていないのかな？」

「なんの……話ですか？」

嫌な予感がしていた。どうして、今まで会いにも来なかった彼女の父親が、彼女のマンションの前にいるのか。

「向日葵はこれから、僕の新しい家族と一緒に暮らすことになった。転勤で福岡に行くことになったから、あの子も連れて行く。もうすぐ引っ越しだから、お別れは早めにしておくことを勧めるよ」

「ちょっ、ちょっと待ってください！　引っ越し？　福岡？　なんで急に？　学校はどうするんですか？」

「そんなの当然転校に決まってるだろ？　急なのは仕方ない。こっちだって急な転勤で参っているんだから」

「だ、だからって、なんで彼女を連れて行くんですか？」

「そんなの、家族だからに決まってるじゃないか」

平然と、無機質に、感情など大して込めていないのがわかるセリフが頭に響く。散々放置しておいて、家族だって？

虫がよすぎるだろう。

「ヨーチューブの活動もあるんですよ」

「それも止めさせる。あんな意味不明なこと、やる意味がわからない。お金が必要ならアルバイトでもすればいい。あんな動画、こっちが恥ずかしくなるよ」

「っ……」

まだ、我慢しろ。怒りで身体が震える。この人はきっと、何も知らない。彼女がどんな思いで頑張ってきたのか。知っていたらこんなセリフは吐けない。

ましてや父親なら、彼女の努力をあざ笑うなんて最低なことはしない。

「向日葵さんは……了承したんですか？」

「もちろんだよ。納得してくれた。あの子だって、ヘンテコな活動を本気でしたかったわけじゃないんだよ」

「……」

それは嘘だ。ありえない。俺は知っている。

彼女が本気で楽しんでいたことを。世界には未知が溢れていて、何気ない日常の中に幸福があるのだと、教えてくれたのは彼女だった。

その彼女が、本当は楽しんでいなかった？

あの笑顔も、言葉も、全てが嘘だったなんてこと、絶対にありえない。

「向日葵は活動に本気でした。それを……そっちの都合で取り上げないでください！」

「取り上げるも何も、もう了承してくれたよ」

「わからないんですか？　彼女は迷惑をかけたがらないんです。だから、お父さんのお願いも聞くしかなかった。そのくらいわかるでしょ？」

「さっきから……一体君は何様のつもりだい？」

健二さんは冷たい視線を俺に向ける。おおらかで飄々とした態度が一変し、攻撃的な雰囲気を漂わせる。俺も少し、ゾッとした。

「君はマネージャーか何か知らないけど、他人だろう？　それともまさか、うちの娘に手を出していたわけじゃないだろうね？」

「……違います」

「そうか。よかったよ。君は社会人だろう？　高校生に手を出すなんてこと、していたらどうしようかとヒヤヒヤした」

「……」

「いいかい？　これは僕たちの、家族の問題なんだ。他人が口出しするべきじゃないし、君とはもう関わらない。連絡もなかったんだろう？　つまりそういうことだ」

確かに連絡はない。今の俺のスマホには、既読だけがついた俺のメッセージが映し出され、それに対して返信はなかった。

彼女はもう、決断してしまったのだろうか。だとしたら俺に……健二さんの言う通り、他人の俺に何ができる？

「わかったら帰りなさい。これ以上はストーカーだと思うよ」

「……」

「向日葵のことは心配しなくていい。うちの家族でちゃんと面倒を見るから」

「家族……？」

「ああ、知らなかった？　ずっと前に再婚して、もう子供もいるんだよ。可愛い女の子なんだ」

向日葵はそんな話、一切してくれなかった。黙っていたのか、それとも……彼女も知らなかったのか。

どちらにしろ、もはや向日葵だけの問題ではなく、俺が入り込める余地はなかった。

あの時とは……彼女がパパ活疑惑をかけられた時とは意味が違う。無理やり会いに行くことすら、躊躇われる。

これは社会の問題で、世間体の問題で、向日葵の……家族の問題だった。そう、結局俺は彼女にとって、他人なのだ。

◇◇◇

目を開けた俺は時計を確認する。とっくに遅刻している時間だけど焦らない。今日、俺は会社を休んだ。

体調不良ということになっている。会社の人や光海は心配してくれたけど、身体はどこも悪くない。疲れているのは心のほうだった。

寝そべりながらスマホ画面を開き、チャットアプリに返信がないか確認する。

会社の同僚からのメッセージはあるけれど、俺が求めている人からは何もない。俺のメッセージに既読がついたまま、数日放置されていた。

もう、メッセージを送ったところで返信がくることはないのだろう。

何もする気が起きないまま、時間だけが過ぎていく。もうすぐ引っ越しと言っていたけど、いつ頃なのだろう。

とっくにいなくなってしまった後かもしれない。マンションの前を通って、彼女の部屋のインターホンを鳴らして、誰もいなかったらどうしよう。

どうもできない。ただただ虚しく、悲しくて……心にぽっかりと大きな穴が空いたような感覚に苛まれる。

「……お腹減ったな」

こんな時でも腹は減るらしい。俺はゆっくり起き上がり、適当な服に着替えてコンビニに行くことにした。

外はいい天気だった。

今年は春が短く夏が長いらしい。少しずつ夏の暑さが顔を出し始めている。あと一か月もすれば、セミの声が聞こえることだろう。

夏になったら何をしようか。どんな動画を撮ろうかって最近何度か話したことを思い出し、心がぎゅっと締め付けられる。

いつまで続くのだろうか。この胸の痛みは……いつか忘れられるのか。

とぼとぼと歩き出しコンビニが見えたところで、俺のスマホが鳴る。チャットアプリが通話を開始していた。

その相手は――

「――もしもし？　秀一郎君？」

「お久しぶりです。鰐さん」

以前、向日葵と一緒に遊びに行った爬虫類カフェの店長で、彼女もお世話になっている鰐さんだった。

そういえばあの時、今後のためにということで連絡先を交換していたんだっけ？

「すまないね。忙しかったかな？」

「いえ、どうしたんですか？」

「朝頃のことだ。向日葵ちゃんから連絡があったんだ」

「――！」

向日葵から、鰐さんに？

鰐さんは通話越しに、重たい雰囲気を出しながら続ける。

「内容は、簡単に言うとお別れの挨拶だった。もう動画の投稿はできなくなる。引っ越すことになったことも書いてあった」

「……」

「秀一郎君、君なら何か知っているんじゃないかな？」

「……実は――」

鰐さんに事情を説明する。彼は向日葵が抱えている事情を知っている数少ない人物の一人で、信用できる人だ。

それに、誰かに話して共有したかった。自分一人で悩み、考えるのが辛くて、耐えられそうになかったから。

「そうか。彼女の父親が……」

「俺は何も言えませんでした。結局俺たちは他人で、その通りだったので……」

「……そうだね。事情は知っていても、君も俺も、彼女にとっては他人だよ」

「……」

「だけど、君はそれでいいと思っているのかな？」

鰐さんの声が、問いかけが頭に響く。彼は続けて問いかける。

「君はもう、このことに納得してしまっているのかな?」

「……そんなの……」

「納得できていない。そうだね?」

「……はい」

納得なんてできるものか。短い時間だったけど、彼女と出会ってからの日々は濃密で、かけがえのないものだった。

彼女と出会ってからの日々は、俺にとっても大切な宝物だ。簡単に失ってもいいなんて思えるほど、俺は聞き分けがよくない。

それでも……。

「家族の問題と言われたら、もうどうしようもないじゃないですか」

「確かにそうかもしれないね。でも、今こそ大事なのは自分の意志だと思うな」

「自分の……?」

「そうだよ。彼女もだけど、君も結構他人の目を気にするね」

そうかもしれない。思えば昔からそうだった。賢く見られたいから努力したし、馬鹿にされたくなくて勉強も頑張った。

会社員になってからも、周囲の期待に応えなくちゃと思っていた。

「それは当たり前のことで、悪いことじゃないよ。でもね。大事な時こそ考えるべきなのは自分の気持ちなんだ。好きなことを好きだというのは案外難しい。それでも後悔しない選択を、君自身が選ぶんだ」

「鰐さん……」

「俺から言えることはここまでだよ。あとは君が考えるんだ。きっと答えはすぐそこにある。俺は期待しているよ。君の選択に」

「……」

「君にだけ連絡をしていない意味を、もう一度しっかり考えるといい」

そう言い残し、鰐さんは通話を終了させた。

俺自身がどうしたいのか。納得していないのに、このまま引き下がってもいいのか。考えるまでもない。でも……。

「向日葵は？」

彼女はどう思っているのだろう。鰐さんは、俺にだけ連絡がない意味を考えろと言ったけど、どうしてなんだ？

向日葵……君の心を覗くことができたら、どれだけ簡単だっただろうか。

「見つけたぁ！」

「え？　あ……じゅえりーさん？」

思わぬ人物が俺を見つけ、全力疾走で駆け寄ってくる。彼女は関西の人間で、コラボが終わって関西に戻ったはずだけど……。

「秀一郎君！」

「――！」

彼女は俺の前に立つと、いきなり胸倉を摑んで詰め寄ってきた。見るからに怒っているし、焦ってもいる。

そうか。鰐さんと同じように、彼女のところにも連絡があったんだな。

「向日葵のこと！　君なら知ってるよね？」

「……はい」

俺は鰐さんと同様に、じゅえりーさんにも事情を説明した。彼女も向日葵の事情は知っているから、伝えたところで問題ない。

「――だから向日葵は今――」

「ふっざけんな！」

最後まで話を聞かずに、じゅえりーさんは再度俺の胸倉を摑み、大きく揺らして怒声を上げた。

コラボ中の大らかで明るい雰囲気とは一変して、感情をむき出しにする姿に緊迫感を覚える。

「あんたね！　それで引き下がったん？　じゃあしょうがないってあきらめたんやないやろうな！」

「それは……」

「アホなん？　あの子がどんな気持ちでいるのか……わかるやろ！」

「でも、俺には連絡もなかったんですよ」

「そんなもん！　あんたに伝えたら放っておかないって、助けてくれるかもしれないと思うからやろ！」

「――！」

　脳裏に浮かんだのは、向日葵の笑顔だった。彼女はいつも笑顔で、でも……その笑顔は頑張っている証拠で、無理をしていた。

　初めて、彼女が俺の前で泣いた時、この子はずっとたった一人で涙も見せずに頑張ってきたんだなと、改めて実感した。

　短い付き合いだけど、俺は彼女の性格を知っている。

「あの子は遠慮するんよ！　仲いい人には余計に迷惑かけたないと思う。そういう子やって、あんたも知っとるやろ……」

「そう……ですね」

　つまり、そういうことなのか？

　彼女が俺にだけ連絡をしてこないのは、あの日のように俺が助けに来てしまうかもしれないと……そうして俺に迷惑をかけると思っているから？

　こんな時にまで、自分のことじゃなくて、他人のことを心配して？

　どこまで……。

「臆病なんだよ」

「そういう子なんや！　だから！　手離したらダメやねん！」

「じゅえりーさん……」

「あの子の笑顔を守りたい。大切にしたいってあんたの気持ち！　あれは嘘やったんか？」

じゅえりーさんの叫びで、俺はうっすらと思い出す。お酒に酔って朦朧とした意識の中で、確かに俺はそう答えたのか。

お酒の力で気が緩んで、露になった俺自身の本音……。

「で、どうするん？」

「俺は……」

鰐さんの言葉が、俺自身が何を考えているのか……何を望んでいるのかを引き出してくれた。

じゅえりーさんの言葉が、彼女の想いを……今もたった一人で苦しんでいることに気づかせてくれた。

ここまでしてもらって、自分の気持ちを偽るなんて恥ずかしいこと、できるわけがないだろう。

「向日葵に会ってきます！」

「そうやな！　会って連れ戻してこい！　何年も放置しとったのに父親面しとるふざけた

野郎に、一発かましてやってもいいんやで！」

「そうですね。そうするかもしれません」

彼女の本心を聞いて、彼女の選択をもしも、あの男が邪魔するのならば、俺が彼女の自由を守って見せる。

「ありがとうございました！　行ってきます！」

「おう、行ってき！　また酒飲みながら、今度は惚気話（のろけばなし）でも聞かせてもらうで」

俺はじゅえりーさんに背を向けて走り出す。向かう先はもちろん彼女が暮らしているマンションだ。

もう引っ越した後かもしれない。その時は、彼女が通っていた学校に駆け込んで、事情を説明しよう。これでも俺は一応、彼女のマネージャーだ。

必ず見つけ出して、彼女と話をする。それから——

俺は彼女が住んでいるマンション前にたどり着く。なぜかそこで、彼女の名前を呼んでいる男を見つけた。

「向日葵！　あーくっそ、どこ行ったんだ？」

「向日葵のお父さん？」

「——！　また君か。ひょっとして君の差し金か？」

「何のことですか？　向日葵はどこです？」

「こっちが聞きたいんだよ！　急にいなくなって、連絡しようにもスマホは家に置いたままだった！」

いなくなった……？

「あーもう！　これから外食だっていうのに、手間ばかりかけさせて！」

「……なら、俺が捜しますよ」

「は？」

「あなたには見つけられなくても、俺なら見つけられる。そこで待っていてください」

「あ、おい！」

俺は健二さんに背を向けて走り出す。呼び止められたような気がしたが、そんなことはどうでもよかった。

俺の頭の中は、彼女が今どこにいるのかを考えることで精いっぱいで、他のことなんて考える余裕はない。

スマホを忘れているなら連絡はつけられない。彼女がどうして急にいなくなったのかを考えるんだ。

彼女ならどうする？

衝動的に家を飛び出して、どこへ向かうだろう。おそらく遠くへは行っていない。俺や彼女が知っている場所にいるはずだ。

学校や駅は違う。そこなら健二さんにも見つけられる。鰐さんのところも、ついさっき連絡したばかりだし、何より遠い。

俺の家も違うだろう。ここにたどり着くまでの道中ですれ違うはずだ。俺が彼女を見落とすわけがない。

彼女が飛び出したのはなぜだ？

もしも、もしもだ。彼女が同じ気持ちでいてくれるのなら……会いたいと、思っていてくれるのなら――

「あそこか？」

私と関わる人たちは、必ずいつか不幸になってしまう。

大好きだったお母さんも、私のために必死に働いて、耐えられなくなって……いなくなってしまった。

私が不甲斐（ふがい）ないからダメなんだ。もっと強くなれたら……自分一人で生きていけるくらいにならなきゃいけない。

誰かに頼っちゃダメなんだ。苦しい時、辛い時、誰かが助けてくれるなんて思ってはいけない。そう割り切っていたはずなのに……。

「お兄さん……」

助けてくれる人がいた。私が辛い時、涙を受け止めてくれた優しい人を知ってしまった。

私はいつの間にか、一人でいることよりも、あの人と一緒にいる時間を求めるようになっていた。

一人でいなくちゃダメなのに。いつかきっと、お兄さんにも迷惑をかけて、いなくなってしまうから。

いい機会だったかもしれない。これ以上、私がお兄さんから離れられなくなる前に、この関係を終わらせるには……。

「向日葵、今日は家族と一緒に夕食がある。初めてだからしっかり挨拶をするんだよ」

「……家族？」

「小さい娘もいるんだ。くれぐれも、変なことは言うなよ？」

「はい。お父さん」

お父さんはいつの間にか、知らない女性と結婚して、子供を儲けていたらしい。知らなかった。新しい家庭があるなんて。

お父さんの新しい家族と挨拶をした。綺麗な女性に、まだ三歳くらいの女の子が一緒だった。

「パパー、ママー、この人だれぇ」

「新しい家族だよ」

「へぇ〜。ねぇお腹空いたー」

「はは、そうだね。夕食にしよう」

子供も母親も、私に対しての興味は薄かった。お父さんは、彼女たちが一緒に居るときだけ優しくて、それ以外では冷たかった。

二人だけになると、決まって見下すような視線で私に言う。

「まったく、余計な手間をかけさせて……本当に迷惑な女だ」

「っ……」

お父さんは私と一緒に暮らしたいなんて思っていなかった。新しい家族の母親に、優しくて頼れる男を演出したくて、私を連れて行くことにしたらしい。

新しい母親には、娘を陰ながら支援していた立派な父親、という風に思われたいのだろうか。そんなこと、私にはもうどうでもよかった。

学校は転校になり、住む場所も遠く離れて、動画投稿も止めることになる。もう、お兄さんと会うことはない。

お別れの言葉は、怖くて言えなかった。お兄さんならもしかしたら、私の気持ちに気付いてくれるかもしれない。今すぐここへ来て連れ出してくれるかも、なんて思ってしまう。

そんなことはあってはいけない。お兄さんの人生を狂わせてしまう。私なんかと関わらなければ、お兄さんは自分の人生を歩める。

私がいないほうが、お兄さんはきっと……。

「……嫌だなぁ」

ダメだ……ダメだダメだダメだ！

考えてしまう。自分がいない場所で、楽しそうに誰かと微笑み合うお兄さんのことを。考えるほどに胸が締め付けられて、苦しくて……辛い。

会いたい。会いたいよ。

会って話がしたい。もっとたくさん、いろんな場所へ行きたかった。一緒にいられるだけで、私は幸せだったのに。

いい機会だなんて嘘だ。私はもうとっくに、お兄さんから離れたくない気持ちで溢れてしまっていた。

私の部屋に、お父さんが扉を開けて入ってくる。

「向日葵、今夜も家族で夕食だ。それまでに引っ越しの準備、いい加減しておけ」

「……」

「明日の朝には引っ越すんだ。お別れがしたいなら今日中に済ませておけ。あ、そうだ。お前のマネージャーとかいうのがこの間来てたぞ」

「え？」

「もう会うことはないだろうから、代わりに挨拶をしておいてやったからな。感謝しておけよ」

「……嫌だ」

「は？」

このままお別れなんて絶対に嫌だ。お兄さんの顔を思い浮かべて、もう会えないのかと思った瞬間、私の身体は勝手に動いていた。

「向日葵！」

お父さんの横を通り過ぎ、そのまま玄関から外へ駆けだす。ただ会いたい。それだけで飛び出した。

もうすぐ夕方だ。お兄さんはまだお仕事の最中だろう。職場の場所は知らない。駅で待っていたら会えるかな？

でもお父さんが探しに来て、連れ戻されてしまったら……。

駅じゃない。もっと別の、お兄さんと私だけが知っているような場所があれば……そんなことを考えて、私はあちこちを走り回った。

考えるより先に身体が動いて、気づけば太陽が夕日に変わり始めている。オレンジ色の光が差し込む中、私がたどり着いたのは……。

「ここって……」

お兄さんと私が、初めて出会った場所だった。私たちはここで出会い、そして関わるようになった。本来ならば決して交わることのなかった人生が。

ここで出会ったから、待っていればお兄さんが来てくれる？

待ち合わせをしているわけじゃない。それどころかここ数日、私はお兄さんに連絡もしていなかった。

もしもまた、ここで出会うことができたとすれば。

それはきっと——

「見つけた！」

「——！」

運命と、思っていいのかもしれない。

俺は駆け回った。いろんな場所を、可能な限り捜し回って、最後に行きついたのは、俺と彼女の出会いの場所。

彼女がもしも、俺との出会いを特別に思ってくれているのならば、ここにいるかもしれないと思った。ある種の賭けだったが、どうやら勝てたらしい。

「やっぱり、俺じゃなきゃ見つけられないな」

「……どうして……」

「向日葵」

「わ、私……もうお兄さんと会えないって……」

今にも泣き出しそうな彼女を見て、俺の身体は勝手に動き、気づけば彼女を抱きしめていた。強く、確かに、彼女の涙を胸で受け止めるように。

「お兄さん、お兄さん……」

「ここにいるよ。ちゃんといるから」

「うぅ……私、本当はお兄さんと……もっと一緒にいたい。離れたくなんか……ないんです……」

「――よかった。俺もだよ」

同じ気持ちだったことが、今はとにかく嬉しかった。再会の喜びと相まって、俺まで涙が出そうになる。

「でも、私のせいでお兄さんに迷惑をかけたくなくて」

「知ってるよ。お前はそういう女の子だってわかってる。わかってるから、俺の話を聞いてくれないか？」

「お兄さん？」

「俺もお前と一緒にいたい。気持ちは同じだ」

「……はい」

彼女は胸の中で涙を流しながら、俺の顔を見上げている。泣き顔なんて似合わない。彼女には笑っていてほしい。そのために、俺にできることを考えた。

自分でも意外で、こんな発想が俺の中にあったことに驚いた。突拍子（とっぴょうし）もなく、破天荒（はてんこう）なことを考えるものだ。

それでも、これしかないと思えたから。

「向日葵、俺と──」

「……！　戻ってきたか」

「お父さん」

「遅くなりました」

俺は向日葵を連れて、健二さんが待っているマンションの前にたどり着く。彼は俺が言った通り待っていてくれたようだ。

腕組みをして酷くイラついているのがわかる。彼は向日葵を睨む。

「向日葵、急に出て行くんじゃない！　どれだけ迷惑だったか考えろ！」

「──！　ご、ごめんなさい」

「まったく、お前はもう夕飯に来なくていい。部屋に戻って引っ越しの準備をしなさい」

「……」

向日葵は動かず、俺の隣に立ったままだった。健二さんは苛立ちながら言う。

「どうした？　早くしろ」

「嫌です」

「……は？」

「お父さん！　私、ここを離れたくないです！　ヨーチューブの活動も続けたい！　まだやりたいことがいっぱいあるんです！」

　向日葵は叫ぶように語る。自身の本音を、おそらくは初めて、父親に語った。健二さんは一瞬呆気に取られているが、すぐ怒りを露にする。

「ふざけるな！　我儘を言うんじゃない！」

「彼女は一人でも生きていけます」

「――！　君は……」

　怒鳴る健二さんから彼女を守るように、俺は一歩前に出る。相手は俺よりも大人で、人生の先輩だ。だからって、ここで引くつもりはなかった。

　俺にもやるべきことがある。

「君の入れ知恵か？　いい加減にしてくれ。言ったはずだよ？　これは家族の問題だ。他人の君には関係ない」

「……そうですね。その通りだと思います。だから考えました。向日葵の……家族の問題に、どうしたら首を突っ込める権利を得られるのかを」

「は？　そんなものはな――」

「あるんですよ。一つだけ思いつきました」

　俺は優秀なんかじゃないと、とっくに知っている。優秀な奴ならきっと、もっとスマートで合理的なやり方を見つけただろう。

生憎俺は不出来だから、こんな方法しか思いつかなかった。笑ってくれて構わない。けれど本気で、本音を語る。

「家族の問題だというなら、俺も家族になればいい」

「――は?」

「お父さん! 俺は……彼女と結婚します」

「かっ……何を……」

俺は真剣だった。ハッタリで言っているわけじゃない。もうすでに、プロポーズは済ませてある。

◆◆◆

「向日葵、俺と結婚してくれないか?」

「……へ?」

突然のプロポーズ、彼女じゃなくても困惑するのは当然だろう。数秒の静寂を破り、向日葵が慌てながら尋ねてくる。

「け、結婚? 私と、お兄さんが?」

「ああ。それなら俺たちは家族になれる。向日葵の抱えている問題にも、家族として立ち入る権利が生まれる」

「……」

「無茶苦茶言ってる自覚はあるよ。でも俺は本気だ」

「お兄さん……」

ずっと考えていた。彼女の笑顔を守るための方法を……そして思いついたのは、俺が彼女を家族として守ることだった。

我ながらふざけた提案をしていると思うし、笑ってしまいそうだが……いたって真剣だ。

自分の立場、彼女の立場、世間の目や雰囲気……いろいろ考えて、悩んで、それでも気持ちを誤魔化すことができなくなっていた。

それほどまでに俺は彼女に惹かれていたんだ。

「俺は向日葵のことが好きだよ」

「――――！」

「俺は社会人で、向日葵は高校生だ。世間的に見たらよく思われない。わかってる……でも、好きになっていた。どうしようもなく、君と一緒にいたかった」

不相応な自覚はある。許されないかもしれない。批難されるかもしれない。だとしても、彼女の笑顔を守れるのなら……。

「俺のことは好きに使ってくれていい。結婚だって今の自由を守るだけで、必要なくなったら乗り換えてもいいんだ。たとえそうなっても、俺は君の自由を、笑顔を守れたことを誇りに思えるから」

「――いいんですか？」

彼女は強く、俺の身体を抱きしめている。

「向日葵？」

「私だって一緒に、お兄さんの傍にいたいのに……結婚なんてしたら、もう離れられなくなりますよ？」

「――君がそれを望むなら、俺も一緒がいい。だから……」

俺は道中、駆け回りながら偶然見つけた質屋で指輪を購入していた。お金に余裕があるわけじゃないから、安物だし、サイズも合うかわからないけど。

彼女の左手薬指に、俺は指輪をはめる。彼女は俺の手の動きに合わせるように、そっと指を伸ばしてくれた。

「家族になろう。俺と」

「……はい」

プロポーズは済ませてある。彼女の左手には、偶然にもサイズがピッタリだった指輪がはまっている。

「これで俺も家族だ。妻のこと、勝手に決められたら困るな」

「……君、馬鹿なのか？　そんなふざけた理由が通じると思っているのか？」

「そっちこそ！　ずっと放置してたくせに今さら父親の真似事なんかして、格好悪いとは思わないのか？」

「っ……」

睨まれている。おそらく十は年上の男性に、本気で敵意を向けられている。それでも俺は逃げない。彼女のことは離さない。

彼女の自由を、笑顔を守るためならば、俺は喜んで自らの自由を差し出そう。覚悟はとっくに決まっている。

「……はぁ、もういい。そんな娘でいいなら勝手に貰っていけ。どうせいてもいなくても……いや、いるだけ邪魔だった」

健二さんの口から本音が漏れる。震える向日葵の肩をそっと抱き寄せ、大丈夫だよと全身で伝える。

「別れた女の娘は、父親の厚意を無視して勝手に男とよろしくしていた。ここまでされたら、悪者は僕じゃない」

「そうかもな。俺は悪者でいいよ。あんたから娘を攫っていく」

「好きにしろ」

「そうさせてもらう！　認めてくれてどうもありがとう、お父さん。娘さんのことは心配しなくていい。俺が必ず、彼女を世界一の笑顔にしてみせる」

その言葉に背を向けて、健二さんは去っていく。こうして俺たちは、人生最大の決断をした。

共に歩む未来を、誓い合った。

エピローグ　今宵も俺たちは雑草を探す

役場には夜間窓口があって、婚姻届けは二十四時間受け付けてくれている。書類にサインをして、証人として自分たち以外の人のサインがあれば、簡単に受理される。

「結婚、しちゃいましたね」

「そうだな」

「にしても知らなかった……まさか法律が変わってたなんて」

今年の四月から、結婚できる女性の年齢が十八歳以上に変更されていたらしい。興味のないニュースだったから見落としていた。

一応、今年四月時点で十六歳以上であれば結婚できるらしい。

「ギリギリでしたね」

「そうだな」

自分の無知さに呆れている。

もし一年ズレていたら、ただでさえ無茶苦茶な方法がもっと不可能になっていただろう。

そしてもう一つ、驚かされたのは……。

「まさかお父さんがサインしてくれるとはな。ダメ元だったんだけど」

「そうですね」

第三者のサインの部分、誰に頼もうかと考えた。じゅえりーさんや鰐さんなら快く引き受けてくれそうだけど、生憎時間も遅かった。

手っ取り早く健二さんに頼んだら、ものすごく嫌そうな顔をしながらも、書類にサインをしてくれた。

彼なりの最後の優しさ……いや、単に早く帰ってほしかっただけだろう。部屋に押しかけたら、後ろに新しい奥さんと娘さんがいたし。

「後でお父さんたちが帰ったら、荷物の整理だけしないといけないですね」

「そうだな。俺も手伝うよ」

「ありがとうございます！」

引っ越しの手続き自体はもう済んでいる。学校のほうは何とかなりそうだが、部屋に関しては退去日が決まっていて、もう変更できない。

引っ越しはちょうど明日の朝らしく、夕方には部屋は空っぽになるだろう。

元々あのマンションは父親の名義で借りていた部屋だ。家賃を払っていたのは向日葵自身だけど、解約の手続きは父親がする。

つまり、明日から彼女は住むところがなくなってしまう。

「あの、いいんですか？　お兄さんの部屋に行っても」

「嫌だった？」

「いえ、そうじゃなくて、ご迷惑……を！」

余計なことを口にしようとしたから、俺は彼女の口をちょっぴり乱暴に手で塞ぐ。彼女は驚きながら俺を見上げる。

「んん？」

「迷惑ならいっぱいかけてくれ。そのほうが俺は嬉しい」

「お兄さん……」

「そもそも迷惑とか思ってない。これからは向日葵の悩みも一緒に悩んで、考えて、乗り越えよう。俺たちは家族になったんだから」

「――！　そうですね。家族……」

向日葵は左手薬指に嵌められた指輪を眺めて、うっとりと嬉しそうに微笑む。安物で格好悪いから、いつかちゃんとしたものをプレゼントしたいな。

「私、ずっと憧れていたんです。普通の家族って、どんな風なんだろうって」

「向日葵……」

「私には無理だと思っていました。お母さんが見つからなかったら、私はこの先も一人なのかなって……でも――」

向日葵と視線が合う。その瞳は街灯の灯りを反射して、瞳の中に小さな月が輝いているようにさえ思えた。

「お兄さんと出会ってから、毎日が凄く楽しくて、一緒にいるだけで心がポカポカしていたんです」

「そうだったのか。俺もだよ」

「えへへ、一緒でしたね」

「ああ」

「学校にいるときも、お兄さんはどうしているのかなーとか。次はどこへ行こうかな。お兄さんが喜んでくれるかなって、そんなことばかり考えていたんです」

「俺もだよ。向日葵から連絡がなかった時なんて、不安過ぎて同期に注意されたくらいだった」

「ご、ごめんなさい！」

「いいよ。理由はもうわかってるから」

その笑顔に何度も勇気を貰った。彼女と言葉を交わす度にちょっとした触れ合いでドキドキしたり、楽しさを共有できることを幸福に感じる。

ふと、向日葵の花言葉が思い浮かんだ。

情熱、憧れ。そして……あなただけを見つめる。彼女はずっと、俺のことを考えてくれていた。目の前にいない時も、離れていても、俺のことを見ていてくれた。

向日葵が俺を見ていてくれている。俺だけを見つめてくれる。それに応えるように、俺も彼女の視線に吸い寄せられる。

そうして俺たちは見つめ合うんだ。

立場があって、柵(しがらみ)があって、世の中は不自由だと知っている。けれどそれだけじゃない。もっとよく目を凝らせば、耳を澄ませばそこにある。幸福になることは難しくなんてない。道端に気になる脇道を見つけて、ちょっと寄り道するように。

俺たちが気づいていないだけで、世界には幸福が溢れている。見つけられるかは、自分たち次第だ。

どうやら俺は、俺たちは、幸運にも見つけられたらしい。

お互いを。

「そういえば、まだ向日葵の口からは聞いてなかったな」

「え?」

「俺のこと、どう思ってる?」

「——!」

向日葵は顔を真っ赤にする。こんなにも照れている姿は初めて見るかもしれない。少し意地悪だっただろうか。でも、聞いてみたいと思った。

彼女の口から。

「大好きです! お兄さんと出会えて、結婚までしてくれて、本当に最高の気分です!」

「——俺もだよ」

この時見せてくれた笑顔は、今までの笑顔の中で一番自然で、宝石のように輝いていた。

ああ、これだ。これなんだ。俺がこの先守るべき笑顔はここにある。願わくは、彼女がいつまでも笑えるように……。

我がままを言うなら、その笑顔を俺にだけ見せてくれるように。

「さて、これからどうする？」

「そうですね。夕ご飯の準備をしましょう」

「まずは食材探しだな」

「いっぱいありますよ！　二人で探せばあっという間です！」

「だな！　行こう、今夜も」

「はい。一緒に行きましょう！」

俺たちは手を取り合い、歩き進める。

立場や柵を越えて、関係の名前が変わっても、俺たちがやることは変わらない。

今宵（こよい）も俺たちは雑草を探す。

――夫婦で。

あとがき

初めまして皆様、日之影ソラと申します。まずは本作を手に取ってくださった方々への感謝を申し上げます。

社会人一年目で大きなミスをしてしまった秀一郎。お金がなくなり道端の雑草を食べようとしたところで出会ったのは、雑草を探していた女子高生の高葉向日葵でした。

奇妙な出会いから始まった二人の関係は、単なる知人、友人の枠を踏み越えて、最後は夫婦となる物語。いかがだったでしょうか？

少しでも面白い、続きが気になると思って頂けたなら幸いです。

本作は生物系で有名なユーチューバーの二名、『ちゃんねる鰐』さんと『じゅえりー』さんにコラボ協力をしていただきました！

単なる宣伝だけではなく、なんと作中にメインキャラとして登場して頂いております。お二人とも快く引き受けていただき、本当に感謝しかありません。

私が生物系のユーチューブ動画を見始めたのは、ちょうど一年半ほど前からでした。子供の頃の楽しい思い出が蘇ったり、今ではスルーしてしまっている何気ない日常の中に、面白い発見や幸せがあるのだなと感じて動画を見ていました。

ふと、これってラブコメに活かせるのでは？と思ったのが本作を作成する最初のきっかけになります。そこから、可能なら生物系の分野で活躍されている方とコラボしたいと思い、編集さんと相談しつつ、コラボのオファーをさせていただきました。

いろんな方に協力して頂き、こうして出版できて感無量です。もしも本作を見て興味を持っていただけた生物系のユーチューバーさん！二巻からでもよければ、作中に登場してくれませんか？私はいつでも歓迎です！

最後に、素敵なイラストを描いてくださったみわべさくら先生を始め、書籍化作業に根気強く付き合ってくださった編集部のYさん、Sさん。そしてコラボに協力してくださった鰐さん、じゅえりーさん。本作に関わってくださった全ての方々に、今一度最上の感謝をお送りいたします。

それでは機会があれば、また二巻のあとがきでお会いしましょう！

二〇二三年十二月吉日　日之影ソラ

人数合わせで合コンに参加した俺は、なぜか余り物になってた元人気アイドルで国宝級の美少女をお持ち帰りしました。1

［著］星野星野
［イラスト］たん旦

合コンから始まる
サクセス系ラブコメ開幕!

槙島祐太郎（まきしまゆうたろう）は、同じ大学のサッカー部でチャラ男の阿崎清一（あざきせいいち）から「男子側の人数が合わなかったから、お前を勝手に合コンに入れといた」と言われる。しかも祐太郎目当ての女性がいるらしく、祐太郎は余った1人の女子を持ち帰るように言われた。

だが、その余っていた女子大生は大人気アイドルグループの元センター、綺羅星絢音（きらぼしあやね）だった!?

元アイドルで国宝級に可愛い綺羅星絢音との出逢いで、祐太郎の人生が大きく変わっていく──。

この本を読んでのご意見・ご感想・ファンレターをお待ちしております。
〒104-8357 東京都中央区京橋 3-5-7
（株）主婦と生活社 PASH! 文庫編集部
「日之影ソラ先生」係

PASH!文庫

今宵も俺は女子高生と雑草（晩餐）を探す 1

2023年12月11日 1刷発行

著　者　日之影ソラ
イラスト　みわべさくら
編集人　山口純平
発行人　倉次辰男
発行所　株式会社主婦と生活社
〒104-8357 東京都中央区京橋 3-5-7
［TEL］03-3563-5315（編集） 03-3563-5121（販売）
03-3563-5125（生産）
［ホームページ］https://www.shufu.co.jp
製版所　株式会社二葉企画
印刷所　大日本印刷株式会社
製本所　小泉製本株式会社
デザイン　浜崎正隆（浜デ）
フォーマットデザイン　ナルティス（原口恵理）
編　集　山口純平、染谷響介

©Sora Hinokage　Printed in JAPAN ISBN 978-4-391-16144-1